9870

RÉPONSE

DES AUTEURS

DU JOURNAL ENCYCLOPÉDIQUE

A LA LETTRE

DE

MM. LES DOCTEURS

EN THEOLOGIE

DE L'UNIVERSITÉ DE LOUVAIN,

CONTRE CE JOURNAL

A LIÉGE,

De l'Imprimerie du Bureau du Journal.

M. DCC. LIX.

PRÉLIMINAIRE.

'Etabliſſement du Journal Encyclopédique à Liége eſt dû au concours de pluſieurs circonſtances, qui paroiſſoient favorables à ce projet. Cette Ville tient de ſa poſition l'avantage d'être comme un centre, d'où l'on peut aiſément faire circuler un ouvrage dans toute l'Europe. M. Rouſſeau, qui eſt à la tête du Journal, s'étoit déterminé ſur cette idée à préférer le ſéjour de Liége à celui de Manheim, malgré les avantages que ſembloient lui promettre dans cette derniere Ville, les bontés dont l'honoroit, & dont l'honore encore aujourd'hui l'Electeur Palatin. Ce Prince, qui eſt ami des Arts & des Sciences, lui en donna une preuve bien ſignalée, en le recommandant de ſon propre mouvement au feu Comte d'Horion, Grand Maître & premier Miniſtre du Cardinal de Baviere, Prince & Evêque de Liége. Le Comte d'Horion, en obtenant du Prince le Privilége pour le Journal Encyclopédique, voulut illuſtrer cette Ville qui n'étoit alors connue dans la République des Lettres que par ſon Almanach. Tout étoit bien concerté de la part de M. Rouſſeau; mais une choſe qui lui échappa, fut de n'avoir pas aſſez réfléchi ſur le danger qu'il y avoit à introduire un Journal Philoſophique dans une Ville qui n'étoit rien moins que Philoſophe. La ſuite ne lui a fait que trop voir combien il y avoit de réalité dans ce péril.

Le Journal n'avoit point encore paru, que quelques Liégeois en firent la critique; ils croyoient apparemment qu'il étoit impoſſible de tranſplanter les Sciences & les Arts dans leur Ville. Cependant les ſuccès du Journal leur en impoſèrent; ſa réputation qui croiſſoit tous les jours, perſuada à quelques Eccléſiaſtiques, qu'il y auroit pour eux de la gloire à en être les Cenſeurs. Mais ceux qui aſpiroient à cette gloire, n'avoient pour eux qu'une ombre de Théologie, une Philoſophie tout auſſi vaine, & une parfaite ignorance de ce qui concerne la Littérature. Le Comte d'Horion qui connoiſſoit la nullité de leur prétendu ſçavoir, leur refuſa le dangereux honneur d'être les Juges d'un Journal qu'ils n'étoient pas capables d'entendre; il ſe réſerva de nous avertir, s'il s'y gliſſoit quelque choſe qui méritât d'être repris. Ce Miniſtre né avec un tact fin & délicat, joignoit à beaucoup de jugement un eſprit très-éclairé. Nous pourrions citer ici d'autres perſonnes, dont l'eſprit a franchi les barrieres de l'ignorance, & qui étoient bien capables de nous juger, & de nous donner des leçons. Mais peu accoûtumées à ſe captiver pour un objet qui demande des ſoins journaliers, diſtraites d'ailleurs par leurs propres affaires, elles étoient bien éloignées de ſe charger du rôle de Cenſeur. Nous fumes donc abandonnés à nous mêmes.

Deux années s'écoulèrent ſans qu'on penſât à nous inquiéter. Malheureuſement pour nous on vint à attaquer le Dictionnaire Encyclopédique. Nous avions loué cet ouvrage, & nous en avions emprunté le nom. Pouvions nous n'être pas coupables aux yeux de ceux qui jugeoient de nous ſur le mal qu'on diſoit de l'Encyclopédie? Dans l'impuiſſance où ils étoient de nous vaincre par leurs raiſons, ils ſe bornèrent à inſpirer contre nous à Liége la même horreur, qu'on tâchoit d'inſpirer à Paris contre les Encyclopédiſtes. Ainſi notre Journal paya pour le Dictionnaire Encyclopédique. Cette haine dont on rempliſſoit les eſprits contre nous, n'étoit qu'un eſſai des forces qu'on devoit bientôt après employer pour nous perdre. On ſe hazarda à faire un mémoire qui eût anéanti le Journal, ſi des injures pouvoient jamais être des raiſons. Nous connoiſſons le Curé qui jugea à propos, pour le bien de la Religion, de ſe deshonorer par une piéce auſſi miſérable. Elle fut envoyée directement au Prince qui la renvoya ſur le champ au Comte d'Horion pour l'examiner. Ce Miniſtre ne vit dans ce mémoire que l'ouvrage de la haine & de l'ignorance. Meſſieurs les Curés ne dûrent pas être contens du compliment qu'il leur adreſſa; il leur fit entendre en termes clairs & expreſſifs, qu'ils ne devoient s'en prendre qu'à eux mêmes du ſcandale que leur donnoit un Journal où par tout

ailleurs on trouvoit de quoi s'édifier; qu'il leur conseilloit, *pour ne point exposer leur foi,
de ne le lire jamais; qu'il contenoit une nourriture trop forte pour des gens qui comme eux ne s'étoient
nourris que des vaines subtilités de l'Ecole.*

Nos Ennemis comprirent qu'ils ne gagneroient rien avec le Comte d'Horion. L'espéce de
mépris dont il les avoit couverts, ne fit que les irriter davantage. Ils enveloppèrent dans les
ténébres leurs complots pernicieux. Au lieu de nous attaquer par des écrits solides & raisonnés, ils mirent en usage mille petites iniquités, qui sont la ressource des petites ames. Ils
réuffirent, par exemple, à faire publier dans la Gazette Eccléfiastique un Article contre notre
Journal : nous méprisâmes ce trait parti de trop bas pour pouvoir nous atteindre. Ils supposèrent une Lettre de Rome, afin de faire insérer dans la Gazette d'Utrecht que notre Journal
avoit été mis à l'*Index*; ce qui a été depuis démenti hautement par la même Gazette.

Las enfin de la mauvaise réuffite de tant de projets, ils étoient résolus à attendre du tems
ce qu'ils n'avoient pû exécuter, lorsqu'un Chanoine de St Pierre, nommé Ransonnet, leur
représenta qu'ils ne devoient défespérer encore de rien, puisqu'il leur réftoit l'Université de
Louvain; qu'il ne s'agissoit que d'y gagner quelques Docteurs & de surprendre leur suffrage;
que les meilleures raisons ne tiendroient jamais contre l'autorité de leurs noms. Cette réflexion
frappa les esprits, & il fut décidé qu'on tenteroit cette voye. A Dieu ne plaise que nous voulions imprimer ici sur le Synode de Liége une flétriffure; nous respectons l'autorité légitime
dans l'abus même qu'en font quelque-fois les paffions des hommes; mais pardonnera-t-on à
Monsieur J****, ainsi qu'au Comte de G****, Tréfoncier, nos Juges & nos parties, d'avoir compromis, par un zéle inconsideré, le nom de ce Synode? Convenoit-il de faire
intervenir un nom auffi respectable, pour extorquer des fignatures qui en imposaffent au Prince? Le Synode, au nom du quel on demanda ces fignatures, fit impreffion sur l'esprit des
Docteurs de Louvain. Ces Messieurs qui sont occupés de soins plus importans que de la lecture de nôtre Journal, ne présumèrent pas que la haine eût dicté la Lettre, à laquelle on
souhaitoit qu'ils appofaffent leurs noms; ils firent donc tout ce qu'on voulut.

Nos perfécuteurs, forts de l'autorité de la Sacrée Faculté de Louvain, s'adreffèrent de nouveau au Prince pour demander la fuppreffion du Journal. L'absence du Prince qui fait depuis
près de cinq ans fa résidence dans la Baviere, nous ôtoit les moyens d'être instruits de tout
ce qui se paffoit; on machinoit dans les ténébres notre perte. Le Confeffeur du Prince fut
chargé de répondre au Synode de la part de Son Alteffe Emin., qu'elle ne croyoit point devoir supprimer le Privilége d'un ouvrage auffi *utile* qu'*agréable*, & que ce qu'elle pouvoit accorder aux inftances de fon Synode, c'eft qu'on nommeroit un Censeur pour notre Journal.
Cette réponse ne rempliffoit point les vûes qu'on avoit d'anéantir le Journal. M. J*** intéreffa dans cette affaire le Nonce de Cologne; il lui fit entendre que Louvain avoit déja prononcé; que la foi étoit dans un danger imminent, & qu'elle réclamoit fon fecours. Ce Prélat de qui on avoit furpris la religion, écrivit en conféquence au Prince. Son Alteffe Eminentiffime fatiguée d'avoir lutté fi longtems contre nos ennemis, nous abandonna malgré elle à
la merci de leur fureur, ne s'imaginant certainement pas qu'elle iroit auffi loin; au contraire ce Prince presumoit que les chofes s'accomoderoient, ce que nous pourrions juftifier s'il en
étoit befoin. Mais au lieu de fupprimer fimplement le Journal, nos ennemis crurent ne pouvoir trop flétrir un ouvrage qui faifoit depuis longtems l'objet de leur haine & de leur envie.
Comme nous avions des amis puiffans qui auroient mis un frein à leur fureur, ils faifirent
le moment où ils étoient bien affurés de dominer dans le Synode : ils dreffèrent la profcription du Journal dans les termes les plus odieux : en vain on leur repréfenta qu'ils se defhonoroient par un procédé où tout étoit marqué au coin de la paffion & de l'atrocité; ils
menacèrent de faire paffer pour des impies tous ceux qui n'époufèroient pas leur haine,
qu'ils avoient l'adreffe de traveftir en zéle pour la Religion. Ce faux zéle triompha des
meilleures intentions.

Le fcandale, difoient-ils, avoit été public; il faloit donc que la révocation du Privilége
le fût auffi. Pour cet effet on fit publier au fon de trompe, que le Journal étoit un Livre

horrible; rien n'égala en ce moment leur rage. Mais en proſtituant l'autorité du Prince, & en la faiſant ſervir d'inſtrument à leur haine, penſoient-ils faire retomber ſur nous le deshonneur dont ils ſe couvroient? Et la Lettre, où ils prétendoient avoir développé le poiſon contagieux du Journal, étoit-elle moins, après cet acte d'autorité, un écrit pitoyable? S'ils ont cru que notre Journal fût un Livre dangereux, nous leur pardonnons d'avoir voulu nous enlever ceux qui étoient reſtés dans le Magazin. Après avoir déchiré, autant qu'ils avoient pû, notre réputation dans le pays, ils avoient également droit d'y ruiner notre fortune. Mais que répondront-ils au Tribunal du Juge ſuprême, quand ils feront forcés de reconnoître dans nous les victimes de leur haine & de leur ignorance? De quel front ſoutiendront-ils les reproches de la Religion, dont ils paroiſſent n'avoir arboré l'étendard que pour nous porter des coups plus ſûrs?

De quelles injuſtices cette première injuſtice n'a-t-elle pas été ſuivie! Ils nous ont perſécuté à Liége, ils continuent à nous perſécuter dans le lieu de notre retraite, * & même dans les lieux, où nous ne ſommes pas. Nous ſommes inſtruits de bonne part, que le Chanoine Ranſonnet, dont nous avons eu déja occaſion de parler, a été député à Paris pour ſolliciter la Sorbonne contre nous. Cet honnête Eccléſiaſtique eſt une eſpèce de Janſéniſte, qui affecte de montrer beaucoup de zéle contre les impies & même contre ceux qui ne le font pas, pour laver apparemment cette tâche aux yeux de ſes Concitoyens. A force de déclamer contre nous, il eſt parvenu à ſe faire un parti. Mais ce qui eſt le comble de l'humiliation pour ceux qu'il a ſéduits, c'eſt qu'ils l'ayent été par un homme qui n'eſt rien moins que ſéduiſant. Que n'avons nous ici les deux Lettres qu'il a écrites, il y a environ trois mois, au Gazetier de Cologne, pour l'engager à mettre dans ſes nouvelles publiques la Lettre qui paroît aujourd'hui ſous le nom de Meſſieurs les Docteurs de Louvain! C'eſt bien le plus parfait galimathias qu'on ait jamais lu. Les lettres du fameux Abbé de St Cyran, dont le Pere Bouhours l'a raillé ſi ingénieuſement, ne font rien en comparaiſon. Rien n'eſt plus plaiſant que de lui entendre dire, que le Prince a *transformé* notre Journal en Inſtruction paſtorale, dès qu'il en a permis l'impreſſion. Mais comme le terme de *transformé* ne lui paroiſſoit pas aſſez énergique pour rendre ſon idée, il crut devoir dans une ſeconde Lettre lui ſubſtituer le terme de *Transfiguré*. Ainſi notre Journal lui paroiſſoit *Transfiguré* en mandement. Il eſt vrai qu'il héſita quelque tems s'il employeroit en parlant du Journal une expreſſion conſacrée dans l'Evangile à déſigner le miracle du Tabor. Il conſulta à ce ſujet le Dictionnaire de Trévoux & celui de l'Academie des Sciences; & quoique ces deux Dictionnaires n'appliquaſſent le mot *Transfiguré* qu'à ce miracle, il y trouva je ne ſçais quoi d'heureux, qui le lui fit adopter par preference. Nous ne chargerons point le portrait de cet Enthouſiaſte; les ſcenes originales qu'il a données dans Liége, ſont audeſſus de tout ce qu'on pourroit dire, & certainement il ne s'en tiendra pas là; un homme qui a la reſſource de faire publier des Libelles dans les Gazettes, cherchera ſans doute les moyens d'adoucir le chagrin d'avoir été demaſqué.

Quel ſcandale pour les Chrétiens que le faux zéle puiſſe ſe couvrir des intérêts de la Religion, au point d'en impoſer aux ſimples, & de prévaloir contre l'innocence! Une des marques à laquelle on peut le reconnoître, c'eſt ſans doute la fureur & l'emportement auxquels il s'abandonne. Nous laiſſons à ceux qui ſe font portés aux derniers excès contre nous, à s'examiner ſur ce point important, & à voir ſi en nous haïſſant cordialement, ils ont cru remplir le précepte de l'amour divin. Mais enfin quel peut être le motif de cette animoſité qui ſembloit redoubler à meſure que nous avancions dans notre carriere? Ce ne font point certainement nos ſyſtêmes hardis & dangereux. Quelque attentifs qu'ils ayent été à découvrir des erreurs dans nos Journaux, ils n'ont point eu la conſolation de nous en reprocher aucunes dans ceux qui ont paru depuis un an. Le motif qui les a fait agir, & qui les a rendu furieux contre nous, n'eſt autre qu'un dépit ſecret de voir tomber leur eſtime, à

* La lettre qu'ils viennent d'écrire contre nous à Monſieur le Nonce qui réſide à ...., ne juſtifie que trop nos plaintes en cet endroit.

mesure que nous dissipions les ténébres d'une longue nuit, à la faveur de la lumiére que
nous puisions dans les divers écrits dont nous rendions compte.

Le feu Comte d'Horion en sa qualité de grand Prévot de Liége, en avoit imposé aux Curés
sur lesquels cette dignité lui donnoit un Empire absolu; nous nous imaginions jouir un peu
plus tranquillement du fruit de notre travail: les deux personnes dont nous avons parlé plus
haut, étoient les ennemis declarés de ce digne Ministre, & tous ceux qui jouissoient de sa
faveur, étoient enveloppés dans la haine qui les animoit contre lui; ils machinoient sourde-
ment contre nous; ils ne s'étoient point encore découverts; nous dirons ici à la honte de
l'un de ces persecuteurs, qu'ayant eu occasion de le voir, il nous a toujours comblés de po-
litesses, nous a temoigné qu'il s'interessoit à nos succés, nous en a felicités, & cela dans le
tems même qu'il tramoit notre ruine. N'étoit ce pas alors qu'il devoit nous avertir de nos
prétendus égaremens, si le zele de la Religion l'avoit veritablement animé? Epargnons nous
ici toute réflexion, & ne fortons pas des bornes d'une legitime deffense.

Enfin le 24 May de cette année une mort prompte nous enleva notre protecteur; & dès
ce moment même, nous nous trouvâmes à la merci de nos ennemis; nôtre fort fut dans leurs
mains; mais comme par notre travail & notre conduite nous nous flations d'avoir dissipé leurs
fureurs, & que d'ailleurs nous n'avions rien à nous reprocher, nous ne pensâmes point à faire
la moindre démarche pour assurer nôtre état; cependant rien n'étoit plus aisé, si nous avions
pu prevoir jusqu'où pouvoit aller leur haine. Le Prince qui protegeoit & même estimoit
nôtre travail & nôtre personne, nous auroit certainement mis à l'abri de leurs fureurs. S. S. E.
ne s'attendoit pas que les choses iroient si loin; nous en avons la preuve: quoiqu'il en
soit, tirons le rideau sur toutes ces horreurs. Cette tempête nous a jettés dans le port, Benis-
sons en la providence.

Au reste nous ne sommes pas les premiers qu'on ait persécutés à Liége. Le grand Arnaud
lui même, si célébre dans la Republique des lettres, n'a-t-il pas essuyé le mépris injurieux
de tous les Religieux de la Ville de Liége? Ils appelloient un *certain Arnold* l'homme du
monde qu'ils devoient le plus respecter. Voici le Decret qu'ils portérent contre lui. ,, La
,, latinité, dit Bayle qui le rapporte (voyés par curiosité dans son Dictionnaire l'article
,, ARNAUD) en est si exquise, qu'elle pourra délasser un peu mon Lecteur. *Nos infra*
,, *Scripti superiores conventuales Regularium in civitate Leodiensi, certiorati de conventiculis, quæ*
,, *habentur apud CERTUM ARNOLDUM doctrinam suspectam spargentem, censemus D. Vica-*
,, *rium Charitative certiorandum, ut similia conventicula dissipare & prohibere non dedignetur etiam*
,, *cum dicto Arnoldo conversationes. Datum in conventu minorum hac 25. Augusti 1690. Ad*
,, *quem effectum Commisimus R. D. M. Ludovicum Lamet Priorem Dominicanorum, ad nomine*
,, *nostro accedendum D. Vicarium, & exponendum intentionem nostram.*

,, Si la persécution que nous avons essuyée dans la Ville de Liége ne doit pas nous faire
regretter ce séjour, au moins sommes nous flattés d'y avoir jetté dans les esprits les germes
des Sciences. Nous espérons qu'ils ne tarderont pas à s'y développer, & que Liége sortira
enfin de l'ignorance où l'a tenuë trop longtems la superstition, ce fléau des Sciences. Cette
vûe nous console par avance des maux que nos ennemis ont voulu nous faire souffrir.

RÉPONSE

A LA LETTRE

DE MM. LES DOCTEURS

DE L'UNIVERSITÉ DE LOUVAIN

CONTRE LE JOURNAL ENCYCLOPÉDIQUE.

MESSIEURS,

'Idée que vous avez conçue de notre Journal, comme d'un livre qui porte dans les esprits & dans les cœurs des germes d'irréligion & de corruption, a été pour nous un objet d'étonnement, qui égale pour le moins le scandale que vous nous imputez. Nous étions instruits, que sous le spécieux nom de zéle, des gens mal intentionnés cabaloient en secret contre nous ; leurs vaines clameurs ne nous paroissoient alors que comme l'écume d'une Mer en furie qui va se briser contre des rochers. Mais que ne peut la haine qui veille sans cesse, pour opprimer l'innocence qui se repose en elle même ! Après avoir réussi à allarmer la Religion des vénérables Curés de cette Ville, elle est encore parvenue à arracher de vos mains la foudre dont elle voudroit nous écraser.

Il est bien cruel pour nous de trouver aujourd'hui parmi nos ennemis ceux mêmes dont nous ambitionnions le suffrage éclairé. Tandis qu'on applaudit de toutes parts à nos efforts, & que la France & l'Italie, ces deux contrées, où la Philosophie fleurit à l'ombre de l'Orthodoxie, rendent à nos sentimens un témoignage honorable ; tandis qu'on nous fait l'honneur de traduire notre Journal à Lucques, où il reçoit l'accueil le plus favorable, & que nous pouvons prouver de la manière la plus évidente, qu'il obtient le suffrage de tout ce qu'il y a de plus grand dans l'Eglise, dans la plûpart des Cours de l'Europe, & des Academies les plus célébres, nous ne pouvons qu'être surpris de nous entendre diffamer parmi nos Concitoyens. Orthodoxes à Rome, à Paris, à Vienne, &c. par quelle étrange fatalité nous

voyons nous tout à la fois Hérétiques , Déistes , Athées , dans Liége & Louvain ?
Il y a plus : quel tems a t'on choisi pour attaquer notre foi ? Celui-la même où dans
une longue suite de Journaux nous avons dépofé les monumens de l'Orthodoxie la
plus pure. Qu'on relife les volumes de toute l'année ; ils contiennnent une apologie
bien éclatante de nos fentimens. En fuppofant qu'il fe fût gliffé quelque chofe de
moins exact dans les Journaux anciens , nos precautions , lorfque nous nous fommes
trouvés entre les écueils d'une Philofophie hardie & d'une foi imbécille , auroient dû jetter un voile fur quelques endroits peut-être répréhenfibles. Mais fi l'on y a attaché une
idée d'importance , pourquoi ne les a t'on pas relevés dans le tems ? Pourquoi a t'on
attendu que nous ayons configné dans nos écrits mille preuves de notre attachement
à la Religion , pour venir après nous difputer jufqu'à ces fentimens religieux dont
nous fommes le plus jaloux ? Il y en a une très bonne raifon , dont il nous importe
qu'on foit inftruit.

Si nous nous rappellons bien l'époque des évenemens , on n'a commencé à prendre
quelque ombrage contre nous , que depuis qu'on s'eft élevé contre l'Encyclopédie.
On n'avoit jufqu'alors trouvé rien à redire dans notre Journal , fi ce n'eft peut-être
l'efpèce d'analyfe que nous avions donnée du Poëme de la *Pucelle*. Mais comme le
Journal étoit alors dans fon berceau , on nous faifoit grace de cette débauche d'efprit. On ne penfoit guère à inquietter notre foi. On ne l'a fait que depuis la tempête qui fe forma , il y a près de deux ans , contre le Dictionnaire Encyclopédique.
Voici comment raifonnèrent nos ennemis ; car nos fuccès nous en avoient déja procuré un affez grand nombre. ,, Le Dictionnaire Encyclopédique caufe dans Paris une
,, fermentation violente. On le repréfente comme un livre dangereux , dont le but eft
,, de corrompre les mœurs , de renverfer la barrière qui fépare le bien & le mal , de
,, délier imperceptiblement les nœuds qui attachent les fujets aux Souverains , de
,, raffembler autour de la foi des nuages qui la cachent à la raifon , d'indifpofer peu
,, à peu les efprits contre elle , de leur faire effayer leur forces contre la révélation ,
,, en attendant qu'ils puiffent les éprouver contre Dieu même. Or il n'eft pas poffible
,, que le Journal qui porte le nom de ce livre dangereux , n'en contienne les principes ;
,, il doit donc être foumis au même anathème. ,, C'eft ainfi que l'envie verfa fur nous
le poifon qui la devore. La conformité du nom feul parut à nos ennemis un motif fuf-
fifant pour faire retomber fur nous les traits qu'on lançoit à Paris contre les Encyclopédiftes.

Enhardis par la cabale qui fe déchaînoit en France contre le Dictionnaire , ils
ébauchèrent ici une efpece de critique ; & pour nous rendre plus criminels , ils
copièrent le préambule d'un Mandement de l'Evêque de Montauban , dont ils crurent
apparemment l'application très jufte à notre égard , parce qu'on y déclame contre les
impies. Cette déclamation fut accueillie avec tout le mépris que mérite l'ignorance
qui veut s'ériger en Théologienne & en Réformatrice. Furieux d'un fi mauvais fuccès , nos ennemis fe vengèrent par de nouveaux torts de celui qu'ils avoient déja vis-
à-vis de nous. Nous leur devinmes d'autant plus odieux , qu'ils n'avoient pu nous perdre. En un mot , ils fe font confolés de n'avoir pas eu raifon contre nous , par le grand
nombre de perfonnes qu'ils ont affociées à leur haine.

Les efprits étoient ainfi difpofés à notre égard , lorfque le livre de *l'Efprit* parut. Le poiſon qu'il contient, venant à s'exhaler avec le tems par la lecture réfléchie qu'on en faiſoit, les clameurs redoublèrent contre l'Encyclopédie. On croyoit voir dans ce livre les principes dont l'autre développoit les conſéquences. La chûte du livre de *l'Eſprit* entraîna celle du Dictionnaire; il fut ſupprimé par un Edit du Roi. Nos ennemis * ont cru l'occaſion favorable pour aſſouvir enfin leur haine juſqu'alors impuiſſante. Ils ont dit : le Journal Encyclopédique fait en mille endroits l'éloge du Dictionnaire de ce nom ; il en adopte donc les erreurs. Cette réflexion ne leur a pas échappé, elle eſt trop naturelle à des gens qui n'en ſçavoient pas davantage.

Mais quelles ſont ces erreurs que nous avons tranſportées du Dictionnaire dans notre Journal ? Ils ſeroient bien embarraſſés à le dire. En effet, ce n'eſt que d'une foi implicite qu'ils connoiſſent les erreurs qu'on attribue au Dictionnaire, & dont par contrecoup ils nous accuſent ; comme ſi, parcequé nous avons emprunté le nom de ce Dictionnaire, nous étions cenſés nous approprier tout ce qui y eſt conſigné. Eſt-ce donc que l'erreur ſe trouveroit dans le nom, & non pas dans les choſes ? Il y a plus : parmi le grand nombre d'articles que nous en avons preſenté à nos Lecteurs, y en a t'il un ſeul qui ait été attaqué par les ennemis de cet ouvrage ? Cette obſervation juſtifiera tout au moins le choix que nous avons ſçu faire.

Qui n'eût cru, Meſſieurs, qu'interrogés ſur les erreurs dont on charge notre Journal, vous diſcuteriez les endroits les plus critiques & les plus épineux, & que vous preſſeriez les expreſſions les plus ſuſpectes pour en faire ſortir le poiſon ? Cependant vous nous permettrez de vous dire que vous ne l'avez pas fait. Vous vous êtes contentés de renvoyer à pluſieurs Auteurs, que vous qualifiez *d'illuſtres*, & qui vous paroiſſent avoir rempli dignement leur tâche contre les Impies modernes. Il faut ſans doute, Meſſieurs, que vous ne les ayez pas lus, pour leur prodiguer ainſi vos éloges, & pour croire qu'ils ayent rendu un ſervice important à la Religion. Leur deſſein étoit certainement très louable, mais il faut plus que de bonnes intentions, pour l'accomplir, nous en voyons tous les jours la preuve. Celui qui s'eſt chargé de votre reponſe, a compromis en quelque façon la haute réputation dont vous jouiſſez à ſi juſte titre, & celle même de Meſſieurs les Paſteurs de Liége, pour leſquels nous aurons toûjours tous les égards qu'ils meritent. Mais étoit-ce éclaircir leurs difficultés que de repondre, que nous avons loué avec oſtentation les Monteſquieu, les Voltaire, & les auteurs Encyclopédiſtes ? En accordant même que leurs écrits ſe reſſentent de l'incrédulité qui eſt aujourd'hui ſi fort à la mode, c'étoit mal conclure des éloges dont nous les comblions, que notre foi étoit ſuſpecte. Tout n'eſt pas impie dans un Auteur qui affiche l'irreligion ; & ſi nos louanges ne tomboient que ſur les endroits que l'eſprit & la raiſon peuvent revendiquer, on ne voit pas comment elles pourroient fournir des armes contre nous.

Nous n'avons, Meſſieurs, que nos raiſons à oppoſer à l'autorité de vos noms. S'ils ſe trouvent dans la léttre que nous examinons, nous ſommes bien ſûrs que ce ne peut

---

* Nous ne comprenons ſous cette denomination ni le corps reſpectable de Mrs. les Curés de Liege, ni Mrs. les Docteurs de Louvain ; mais des gens mal intentionnés qui ont envoyé contre nous à tous les gazetiers des libelles auſſi plats que revoltans, qui nous ont été communiqués, & dans leſquels la religion, la raiſon, l'Eſprit de paix & de charité Chrétienne, l'autorité même, tout en un mot étoit compromis de la maniere la plus ſcandaleuſe.

être que parce qu'on a furpris votre Religion. L'Auteur même de la Lettre s'en eſt trop fié aux Ecrivains qui ont attaqué tant *l'Eſprit des loix*, que *l'Encyclopédie*. Leur zèle pour la Religion lui en aura fans doute impoſé ; & il aura cru plus commode de les en croire fur leur parole, que d'aller fe plonger dans les abymes profonds de tant de queſtions que ces deux ouvrages ont occaſionnées. Mais avant de juſtifier notre foi, nous allons repondre à tous les reproches qu'on nous fait ; & afin qu'on ne nous foupconne point d'avoir deguifé quelque choſe, nous rapporterons la lettre en queſtion & notre reponſe. Cette maniere de procéder eſt la plus ſimple. D'ailleurs ceux qui ne verroient que notre juſtification, s'imagineroient peut-être que la cenſure contre laquelle nous nous élevons, eſt beaucoup plus importante, & capable de renver-fer notre établiſſement, comme il paroît qu'on en a formé le deſſein. Mais aux yeux d'un Public éclairé & du Prince qui protége notre travail, il faut des raiſons ſolides. Entrons en matiere.

LETTRE
DE MM. LES DOCTEURS
De l'Université de Louvain, &c.

Ous nous faites l'honneur de nous confulter fur un Ouvrage périodique, qu'on débite à Liége depuis l'année 1756, nommé le *Journal Encyclopédique*, qui, felon que vous nous informez, fcandalife beaucoup de monde de votre Pays, & vous craignez, que fes principes empoifonnés n'infectent tôt ou tard les troupeaux que Jéfus-Chrift a confiés à vos foins. C'eft avec grande raifon que votre zèle paftoral s'eft allumé à la vue d'un tel Ouvrage, qui femble être inventé pour prôner en tous Lieux ces nouveaux livres des prétendus Philofophes de notre malheureux fiécle ; qui, fous prétexte de perfectionner la raifon humaine, ne font que mettre au jour les écarts dont elle eft capable ; qui dégradent en même tems la religion & la raifon, & ne fauroient jamais porter d'autre fruit, qu'une corruption générale dans les mœurs.

S'il falloit, nous ne difons pas réfuter, mais annoncer feulement toutes les erreurs qu'on y trouve, il ne faudroit pas vous répondre par lettre ; plufieurs volumes ne fuffiroient point. D'ailleurs cette tâche eft déja remplie par plufieurs illuftres Auteurs, qui fe font élevés contre ces impies modernes, en leur démontrant la fauffeté, le ridicule & les contradictions, qui fe trouvent dans leurs fyftêmes ; mais qui n'ont pu venir à bout de faire reconnoî-

RÉPONSE
DES
JOURNALISTES.

L ne feroit pas impoffible que des perfonnes qui voient des erreurs où il n'y en a point, trouvaffent des obfcénités où la pudeur eft le plus refpectée. L'imagination s'allarme quelquefois injuftement ; nous l'éprouvons aujourd'hui. Tout Lecteur équitable, qui ne voit dans les chofes que ce qui s'y trouve, rendra juftice à notre circonfpection, foit lorfque nous avons parlé d'anatomie, foit lorfque nous avons égayé par de petites piéces de Poëfie ce que laiffent d'aride dans notre Journal les matières fcientifiques. Pour adoucir l'ennui des lectures profondes, il nous a falu placer à léur côté des lectures agréables. La route des Sçiences eft pénible, ennuyeufe, & hériffée d'épines ; pourquoi envieroit-on à ceux qui s'y engagent, quelques payfages riants & couverts de fleurs, où l'œil fe promene avec plaifir ?

Pardonnez-nous, Meffieurs, fi nous ne vous prenons point pour juges dans cette partie de notre Journal qui vous paroit fi frivole, parceque nous y jettons quelques piéces fugitives, des defcriptions de Ballets, des analyfes de piéces de théâtre. Accoutumés comme vous êtes, à écrire fur les grandes matières, & à converfer avec les SS. PP., dont vous exprimez l'efprit dans vos fçavans ouvrages, vous ne pouvez que jetter un œil dédaigneux fur toutes ces bagatelles. Et nous mêmes, nous ferions quelque difficulté d'abaiffer là votre efprit. Mais vous conviendrez, Meffieurs, que les matieres graves & contentieufes ne vont pas à tout le monde ; & que fi les fciences font utiles à une fociété politique pour l'inftruire, elle a befoin auffi des Beaux-Arts pour la parer & la rendre plus agréable.

En cenfurant fi vivement la partie de notre travail qui a pour objet les matieres frivoles de la Littérature, vous ne faites pas attention que vous intentez un procès à toutes les Cours qui encouragent les repréfentations théâtrales, qui permettent l'impreffion de ces petites piéces fugitives dont le but eft de délaffer l'efprit, & de fournir aux agrémens de la fociété. La defcription que nous en faifons feroit-elle plus criminelle que leur réalité ? Vous n'avez pas eu fans doute en cela intention de blâmer la conduite de tout ce qu'il y a de plus refpectable dans l'Eglife & dans le monde, qui ne dédaigne pas d'affifter aux repréfentations Théâtrales ; dans quelques Cours nous avons vû des loges affectées à des Religieux de différens ordres, qui fe rendoient affidument

re leurs égaremens à ces Philofophes or-
gueilleux , qui ne reconnoiffent d'autre
guide , que leur propre raifon obfcurcie
& corrompue par les paffions de leurcœur.

Sans donc approuver toutes les erreurs que nous paffons fous filence, nous
tâcherons de vous en indiquer ici un petit nombre ; mais qui prouvera affez ,
que ce Livre n'eft propre qu'à corrompre le cœur & l'efprit, qu'à faire avoir
une haute idée de plufieurs Auteurs, qui
ne font qu'infpirer le libertinage & l'irréligion, & qu'à faire goûter à fes Lecteurs les principes d'un *Dictionnaire Encyclopédique* & d'un Livre *de l'Efprit*,
trop fameux aujourd'hui pour ignorer les
maximes abominables qu'ils débitent, &
qui ne tendent à rien de moins, qu'à la
ruine de la religion, de la morale & de
l'état.

10. Commençons par quelques réflexions fur les mœurs & les piéces lubriques, que le Journal annonce. Pourquoi, par exemple, dans l'extrait fur le
Poëme de la *Pucelle d'Orléans*, piéce vraiment cynique, fait-il en racourci l'hiftoire de *ces épifodes*, dont il affure lui-
même, que *l'indécence lui interdit les détails ?* N'eft-ce pas montrer le chemin
aux jeunes libertins, & piquer leur curiofité pour aller puifer à la fource qu'on
leur indique ? Des piéces pareilles, que
Voltaire même a defavouées, ne fouffrent
aucun abrégé.

L'Epitre à Mademoifelle Coraline, qui
fuit immédiatement, eft encore dans le
même goût. A quoi bon rapporter une
Piéce de vers, dont quelques images,
felon le Journalifte même, *effleurent trop
l'indécence ?* Ne prévoit-il pas qu'il y aura bien des Lecteurs, qui les faifiront &
les mettront à profit ?

On peut rapporter à cette claffe ce
grand nombre de Romans & d'autres

au fpectacle, & l'habitude de les y voir ne fcandali-
foit perfonne. Après cela, nous croyons qu'il eft permis
d'en parler. Il vous eft libre, Meffieurs, de ne voir que
d'un œil févére ces amufemens, qui tiennent lieu aux
hommes d'un plaifir qui les fuit fans ceffe ; mais en les
décrivant, nous agiffons dans les mêmes vûes que les
Souverains & les Magiftrats qui les permettent.

Quant aux Romans, comme ils peuvent s'élever
jufqu'à devenir une école inftructive pour les mœurs,
nous fommes autorifés à ne point les bannir d'un ouvrage confacré principalement à former l'honnête homme. Ils perfuadent ce que les traités de morale ne font
qu'enfeigner. Nous n'ignorons pas qu'un but fi louable
eft fouvent manqué par les Romanciers, & que fur le
fond hideux du vice ils répandent des fleurs à pleines
mains, & en relevent la difformité par les plus belles
couleurs. Mais fi ces Romans trouvent quelquefois
place dans nos Journaux, c'eft pour y recevoir la flétriffure qu'ils méritent. Nous n'en parlons pas dans le
deffein de les faire connoitre ; ils fe répandent affez
d'eux mêmes, mais pour prémunir ceux à qui il refte
encore de la vertu, contre leurs traits licentieux. Nous
penfons que les correctifs qui viennent à la fuite des
images dont un crayon groffier fait friffonner la pudeur,
font une nouvelle infulte faite à cette vertu : & notre
Journal, quoiqu'en dife l'Auteur de la lettre, ne dé-
ment en aucun endroit cette façon de penfer qui nous
caractérife, pas même celui où nous avons parlé de *la
Pucelle d'Orléans.*

Ce Poëme ayant fait beaucoup de bruit dans le monde,
& le nom de fon Auteur étant trop célebre pour ne pas
exciter la curiofité fur un ouvrage préconifé fi longtems
avant fa naiffance, nous crumes devoir en faire mention.
La maniere dont nous l'avons fait, auroit bien dû nous
épargner la grave cenfure qu'on fe permet ici à notre
égard. En tirant de cet amas d'ordures, dont M. de
Voltaire s'eft plaint qu'on a fali fon poëme, * une petite
partie de l'or qui s'y trouve, (*cum flueret lutulentus, erat
quod tollere velles,*) nous avons certainement prouvé que
nous étions bien éloignés d'approuver ce poëme, qu'on
peut regarder, dans l'état où il eft, comme le fcandale
du fiécle, par le mélange affreux qu'on y trouve du facré
avec l'obfcénité la plus groffiére. Pour des perfonnes,
en qui l'éducation & la Religion entretiennent encore
des fentimens d'amour pour la vertu, nous en avions
dit autant qu'il en faloit pour détourner de ce poëme
leurs regards téméraires. Peut-être n'en devions nous
point parler ; mais de quoi auroit fervi notre filence, fur
tout dans cette ville, qui étoit inondée des exemplaires
de ce poëme ? Par le compte que nous en rendions,
nous difpenfions de le rechercher avec tant d'empreffe-
ment. Quoiqu'il en foit, la pudeur n'a rien ici à nous
reprocher.

---

* Nous avons vu le veritable manufcrit de ce poëme où il s'en
faut beaucoup qu'il y ait autant d'indécences qu'on en trouve dans
les éditions de cet ouvrage, entr'autres l'Épifode de la *Préfidente*;
nous ne citerons point l'Auteur auquel on attribue ces infamies ; il
auroit trop à rougir ; mais il eft conftant que M. de Voltaire n'y a
aucune part ; & voila ce qu'il defavoue.

Piéces

Piéces fugitives., dont l'Auteur remplit souvent ses Journaux : comme si on ne pouvoit pas être universel en toutes les sçiences, sans connoître ces fables amoureuses, qui ne feront jamais partie d'une solide érudition, & qui n'ont d'autre effet, que de gâter l'esprit de la jeunesse.

Faut-il que dans un Livre dédié aux Sçiences, des Ouvrages aussi frivoles & aussi pernicieux trouvent leur place ? Le Journaliste est convaincu qu'ils ont ce caractére, puisqu'après avoir annoncé les Romans nouveaux, Tom. 3. page 2. f. 66. il conclut finalement : *Tous ces Romans sont remplis d'indécences & vuides d'intérêt ... Tout y respire la dépravation des mœurs, & rien ne rappelle un moment à la vertu.* Et ailleurs il ne craint pas de dire : *La plupart de nos Romanciers ont gâté l'idée qu'on doit se former des Romans. La frivolité & la corruption des mœurs semblent avoir été leur unique but.* Non obstant des aveux si clairs, on fait connoître ces Livres, on perd son tems à en faire un extrait, & à en donner une idée à mille personnes, qui sans cela n'en auroient jamais entendu parler. Est-ce peut-être le devoir d'un *Encyclopédiste* d'écrire pour les libertins autant que pour les vertueux ? Et pour ménager un peu ceux-ci, on y ajoûte à la fin quelques prétendus correctifs, qui n'ôtent aucunement les images sales, qu'on a tracées, ni n'en excusent l'indécence.

Le Journal porte encore un caractére de frivolité dans les annonces, qu'il fait continuellement de ces Ballets representés tantôt sur l'un, tantôt sur l'autre Theâtre ; descriptions qui seroient plus en leur place dans les Placards, que les Comédiens affichent aux carrefours pour indiquer les Piéces qu'ils donneront au Theâtre, que dans un Ouvrage consacré aux Arts & aux Sçiences. On passe ici sous

L'extrait que nous avons donné d'une thése de Medécine T. 2. P. 3. de l'année 1756, & qui nous attire l'épithéte *d'impudens,* est une description purement anatomique. Or qui ne sçait que ces sortes de descriptions ne furent jamais rangées parmi les obscénités ? Tous les Journaux, tous les Dictionnaires, les livres de Medécine, les Mémoires Académiques, en contiennent un grand nombre, sans qu'on se soit jamais avisé d'y intéresser la pudeur. La nature qui forme le corps humain, auroit-elle donc à rougir de son propre ouvrage ? Nous disons plus, & nous en avons la preuve en main, les meilleurs Journaux ont souvent presenté les mêmes objets avec beaucoup moins de circonspection que nous, & l'on ne s'est jamais avisé de le leur reprocher ; n'est ce pas une des taches les plus importantes d'un Journaliste de rapporter tout ce qui peut contribuer à la conservation des hommes ? Au fonds une description anatomique parle à la raison, & ne dit rien aux sens. Ce qui les met en mouvement, ce sont les expressions consacrées par le libertinage ; expressions qui réveillent des idées accessoires, où se peint la volupté avec tout le cortége de la corruption qui la suit. L'imagination s'allume par le soin même qu'on prend à lui dérober une partie des objets sous un voile transparent. Aussi les livres les plus dangereux sont ceux où l'on couvre d'une gaze les choses dont la nudité révolte.

La fornication est assurément un péché en matiere grave ; mais on ne voit pas bien pourquoi, de ce que nous en avons parlé, on conclud que nous allarmons la pudeur. Y a t-il dans nos expressions la moindre nuance qui effleure même l'indécence ? Si nous sommes donc ici répréhensibles, ce ne peut être qu'autant que nous nous serions mal exprimés théologiquement. Or de ce côté là même nous ne donnons aucune prise sur nous à la critique la plus sévére. Car de dire avec l'auteur de la lettre, que loin d'inspirer de l'horreur pour la fornication, nous exténuons au contraire ce vice, en le faisant marcher de pair avec l'abstinence des chairs étouffées sous la loi des Juifs, c'est attaquer le St. Esprit même qui met sur la même ligne ces deux péchés. * Ce que nous en avons inféré, c'est qu'il faloit ou que la manducation des chairs étouffées fût traitée par les Juifs comme un grand mal, ou que la fornication fût regardée comme une simple faute contre la loi, plutôt que comme un crime. Mais la manducation des chairs étouffées (: indifférente en elle même :) peut elle marcher de pair avec la fornication, sans que celle-ci ne soit également indifférente en elle même ? Ainsi la fornication, que proscrit la loi naturelle, ne sera plus illégitime que par la défense d'une loi positive. Cette conséquence ne résulte point de ce que nous avons dit. La loi de Moyse doit être envisagée comme une loi civile, surajoutée à la loi naturelle ; & cette qualité ne lui ôte point celle de loi divine, parce qu'effectivement elle émanoit de Dieu même. Le gouvernement des Juifs étant théocratique, leurs loix même civiles étoient marquées au sceau de la Divinité. En qualité de Roi temporel des Juifs, Dieu se conduisoit à leur égard comme un souverain, qui ne punit les cri-

---

* *Ut abstineatis vos ab immolatis simulacrorum, & sanguine, & suffocato, fornicatione. Act. Apost. Cap. 15. v. 29.*

silence les passions, que ces Ballets repre- sentent quelquefois d'une maniére si vi- ve & si propre à porter la corruption dans le cœur, comme on peut s'en convain- cre en parcourant le Journal.

Mais rien ne surpasse en matiére d'im- pudence l'extrait, que le Journaliste don- ne d'une Thése de Médecine T. 2. p. 3. & dont la pudeur nous défend de rien dire davantage.

La maniére encore dont il parle de la fornication après le Dictionnaire Ency- clopédique (T. 1. p. 3. 1758.) au lieu d'inspirer de l'horreur pour ce vice, di- minue au contraire ce crime, en le fai- sant marcher de pair avec l'abstinence des chairs étouffées sous la loi des Juifs.

Enfin entre ces Piéces lubriques on peut fort bien placer le Sermon Espagnol rap- porté T. 7. p. 1. 1758. S'il a été prê- ché de la sorte, comme on veut bien le supposer, le Prédicateur a abusé bien étran- gement de la sainteté de son ministére. Mais est-ce une nouvelle assez intéréssante pour être annoncée à l'univers, qu'il y a eu un sot Prédicateur en Espagne? Ne pourroit-on peut-être pas soupçonner, qu'on veut faire tomber ce ridicule sur les Prédicateurs, & généralement sur les Ser- mons de Morale?

Mais c'en est assez, Messieurs, sur cette matiére. Nous n'aurions jamais fait; si nous relevions tout ce qui se trouve de ré- préhensible dans ce Journal. Pour tracer d'une maniére plus courte, l'esprit de son Auteur, & le fruit que son Ouvrage peut produire, on n'a qu'à faire réflexion sur les premiers principes qu'il s'est formés sur la Religion & la Morale, sur ces grands & nouveaux sentimens, qu'il a communs avec un *Voltaire*, un *Montesquieu*, le *Dictionnaire Encyclopédique* & le *Livre de l'Esprit*; ouvrages, dont il est l'admi- rateur perpétuel, & qui sont ses oracles.

mes de ses sujets que relativement au degré de leur in- fluence sur la société. Combien, en effet, de crimes la loi de Moyse ne permet-elle pas, vis-à-vis lesquels la loi naturelle est inexorable! c'est ainsi qu'il étoit permis par la loi de Moyse de tuer l'assassin de son parent, s'il ne se réfugioit pas dans quelqu'une des villes qui avoient le privilége d'azyle. Est-ce donc que la vengeance peut être jamais licite? Non sans doute. Mais ce que Dieu ne punissoit pas dans les Juifs comme Roi temporel, il le punissoit en eux comme Dieu. Quoique Roi des Juifs, il ne se dépouilla jamais à leur égard des droits que sa Divinité lui donne nécessairement sur tous les hommes. Si l'abstinence de la fornication est mise ici sur une ligne parallele avec l'abstinence des chairs étouffées & des chairs qui ont été immolées aux idoles, c'est uniquement par la loi civile des Juifs, & nullement par la loi naturelle. Les deux dernieres abstinences ne sont point du ressort de la loi naturelle, mais la premiere seulement. Or, en l'envisageant sous cet aspect, avons nous diminué l'horreur qu'on en doit avoir; nous qui disons d'elle, que c'est un péché en matiere grave; nous enfin qui, faisant abstraction de la Religion, de la pro- bité même, & considérant uniquement l'économie de la société, prononçons que la fornication lui est un peu plus nuisible que l'adultère? Au reste cet article avoit eu ses Censeurs en France, & quelquefois il est permis de s'en reposer sur leurs lumieres.

Si nous avons scandalisé nos Lecteurs par l'extrait de deux sermons Espagnols qui sont singuliers par leur ridicule; nous ne l'avons fait au moins que d'après le Pere Panel, Jésuite François, attiré à Madrid pour avoir soin des médailles de S. M. C. L'objet de notre cen- sure, beaucoup moins sévére que celle du Jésuite, a moins été de faire rire aux dépens des prédicateurs Espagnols, que de les faire rougir eux mêmes d'un goût si dépravé, qui prostitue la dignité des Ecritures, & les expose aux sarcasmes des impies. C'est de l'Espagne même, honteuse de se voir ainsi avilie dans la person- ne de ses prédicateurs, que nous sont venues les invi- tations de frapper avec force sur le genre d'éloquence qui domine dans presque toutes les chaires Espagnoles. Comme notre Journal y est répandu, & que nos dé- cisions y ont quelque poids, l'on s'est imaginé qu'une critique de notre part, à l'aide du ridicule dont elle s'armeroit contre le mauvais goût qui s'est emparé de la chaire, contribueroit à le rendre du moins méprisa- ble, si elle ne pouvoit l'en bannir. Nous imputer, com- me fait l'Auteur de la Lettre, que notre dessein a été d'envelopper dans ce ridicule tous les prédicateurs & tous les sermons, c'est une accusation gratuite, à laquelle nous n'opposerons que ce trait par où nous terminons l'extrait du panégyrique de St. Louis prononcé l'année derniere par M. l'Abbé Guyot devant l'Académie Roya- le des Inscriptions, & l'Académie Royale des Sciences. ,, L'Auteur nous permettra de l'offrir ici à la chaire Es- ,, pagnole comme un modèle d'éloquence Chrétienne, ,, & à nos Lecteurs comme un dédommagement des ,, essais qu'ils ont vûs de l'éloquence Espagnole, qui ,, malheureusement ne se borne pas à l'Espagne. " Il nous semble encore qu'avant de revoquer en doute l'existence de l'ouvrage du P. Panel, & d'annoncer

Nous ferons la revue de ses extraits le plus court que nous pourrons. Mais disons premiérement un mot sur le systême de Mr. *Collins* touchant la liberté, dont le Journaliste parle T. 3. p. 2. 1756. f. 3.

1°. Il est certain, de l'aveu du Journaliste même, que *ce systême détruit la liberté de l'homme pour expliquer la certitude de la prescience divine.* Qu'il ne fait dépendre le choix de l'homme que des impréssions physiques. Un tel systême cependant est annoncé avec emphase, & auquel il ne seroit pas si facile d'opposer *des raisonnemens justes.* Le Journal propose ses principes avec toute la force dont ils sont capables ; il en fait même une récapitulation *pour faire plaisir à ses Lecteurs en leur donnant le tems de réfléchir sur ce systême, & en leur laissant la satisfaction piquante de démêler la vérité cachée sous cette chaîne apparente de raisonnemens.* Mais s'il avoit la Religion à cœur, au lieu de prôner ce systême impie, il auroit fallu montrer les absurdités qu'il renferme.

Ce que nous disons ici, a été le jugement du Public, puisque le Journaliste en parlant de nouveau de ce systême (1. Février 1757 fol. 10.) confesse lui-même d'avoir reçu des reproches de *l'avoir si bien représenté, qu'il pouvoit être dangereux pour une partie des Lecteurs.* Il tâche en ce lieu d'y donner un préservatif, mais qui ne vaut guères de chose, & qui ne distingue la liberté de l'homme & celle de la bête, que du plus au moins. Mais c'est la mode des incrédules modernes de rapprocher ces deux objets le plus qu'il est possible. Enfin dans tout ce dernier article qu'il donne sur les élémens de Newton, on voit de quelle maniére superficielle il traite les premiers fondemens de Philosophie & de Métaphysique, & combien il a de penchant pour les Monades

que nous le supposons, pour avoir occasion d'avilir la chaire & de tourner en ridicule la morale, on devoit écrire à Madrid pour s'assurer du fait ; on auroit appris qu'il y en a eu plusieurs éditions très nombreuses, & si l'on se fût procuré cet ouvrage, on auroit vû avec le dernier étonnement, combien il y avoit de choses indécentes que nous avons eu l'attention de supprimer, & d'autres que nous avons eu l'art de voiler de la maniére la plus honnête.

L'Espagne est un grand exemple du desavantage que reçoit une Nation du mépris qu'elle fait de l'esprit Philosophique, & des précautions qu'elle a prises jusqu'ici pour empêcher la lumiere de pénétrer chez elle. Car qui ne sçait que les Espagnols ont de l'esprit ? Mais parce qu'on y étouffe le goût des Sciences, cette Nation ingénieuse paroit se ressentir encore de la rouille des siécles qui ont précédé le renouvellement des Sciences.

Passons maintenant au Dogme, & voyons en quoi nous avons blessé l'Orthodoxie la plus sévére & la plus délicate. On nous objecte d'abord le systême de Collins dont nous avons exposé les principes dangereux & séduisans, comme si nous ne l'avions pas combattu nous mêmes. Pour sçavoir avec quel succès nous l'avons fait, nous renvoyons à notre Journal du 15 Decembre de l'année 1757. Pourquoi affecte t'on de se taire sur cette réfutation, que nous croirons triomphante jusqu'à ce qu'on nous prouve le contraire ? Quel reproche ne ferions nous pas en droit de faire sur cette omission ; & comment la caractériser, pour ne pas déplaire à nos Censeurs ?

Quelle inexactitude dans le raisonnement qui suppose que nous goûtons fort les Monades Leibnitziennes, refondues par M. de Maupertuis. Toute la preuve qu'on en a, c'est que nous avons avancé quelque part, que M. Diderot en retouchant le systême de ce Philosophe, lui a donné une vraisemblance, dont les Leibnitziens mêmes ne l'auroient pas crû susceptible. Les éloges qu'on donne à un systême parce qu'il est ingénieux, ne prouve point qu'on l'adopte. Tous les jours les Newtoniens payent à Descartes le tribut de louanges que mérite son systême des tourbillons, quoiqu'ils le regardent comme une pure rêverie. Comme Philosophes, nous n'avons pu nous dispenser de toucher un peu à l'hypothèse du Docteur d'Erlang, sous le nom de qui M. de Maupertuis s'étoit déguisé ; d'autant plus que cette hypothèse est remplie d'idées singulieres & neuves, & qu'elle roule sur le systême universel de la nature. L'impossibilité d'expliquer la formation d'une plante ou d'un animal avec les attractions, l'inertie, la mobilité, l'impénétrabilité, le mouvement, la matiére ou l'étendue, avoit conduit M. de Maupertuis à supposer encore d'autres propriétés dans la matiére. Ces propriétés sont le *desir*, *l'aversion*, la *mémoire*, *l'intelligence.* Il se crut fondé à admettre dans la particule la plus petite de la matiére, proportions gardées des formes & des masses, les mêmes qualités que l'on reconnoit généralement dans les animaux. S'il y avoit, dit-il, du péril à accorder aux molécules de la matiére quelques dégrés d'intelligence, ce péril seroit aussi grand à les supposer dans un éléphant ou dans un singe, qu'à les reconnoitre dans un grain de sable. Cette hy-

Leibnitziennes, refondues par Mr. *de Maupertuis*, &c.

3°. Nous venons, Messieurs, au fameux *Voltaire*, Auteur, qui seroit véritablement grand, s'il défendoit une bonne cause. C'est un des oracles du Journal; il n'en parle qu'avec enthousiasme, *C'est un génie créateur, qui ne respecte que la vérité.* Nous ne toucherons ici que les extraits qu'il donne sur *le Poëme de la Religion naturelle*, & *l'Essai sur l'Histoire générale* en 7 volumes. Le Poëme est annoncé dans les Journaux de 15 Avril & du 1 Mai 1756.

D'abord le Journaliste prend un ton assez dévot. *Si*, dit-il, *le compte que nous allons rendre de cet Ouvrage, devoit nous faire soupçonner d'indifférence pour la vraie Religion, nous substituerions à ce Poëme la profession de Foi la plus authentique. C'est un plus grand crime aux yeux d'un Journaliste sensé d'allarmer une seule conscience que d'ennuyer cent Lecteurs.* Beau principe ! Mais on est accoutumé depuis long-tems à ces protestations des incrédules, à ces grands mots qu'ils démentent aussitôt. Ne sçait-il pas, l'Auteur si religieux en apparence, que le Poëte répand sur la Religion mille doutes malins, qu'il lance mille traits capables de faire impression sur un esprit superficiel ? Traits, qui sont détrempés dans ce sel du ridicule, accompagnés d'un ton décisif & tranchant, qui tiennent lieu de raison & d'argument à la multitude.

Vous savez, Messieurs, quelles sont les plaies, que les Ouvrages de ce Poëte ont portées à la Religion, combien de Plumes sçavantes se sont élevées pour combattre ses impiétés, & vous êtes en état d'en juger par vous-mêmes.

Vous comprendrez donc aisément ce qu'on doit penser de ce Poëme. Le Journaliste même y reconnoit *des choses har-*

pothèse, par sa fécondité, par les conséquences surprénantes qu'on en peut tirer, par les conjectures nouvelles qu'elle donne sur un sujet dont se sont occupés les premiers hommes dans tous les siécles, peut être regardée comme le fruit d'une méditation profonde, une entreprise hardie sur le systême universel de la nature, & la tentative d'un grand Philosophe.

M. Diderot, en louant l'esprit qu'il a falu pour l'imaginer, a marqué les terribles conséquences dont elle lui a paru environnée; conséquences qui ne tendent pas moins qu'à ébranler l'existence de Dieu, en introduisant le désordre dans la nature, & à détruire la base de la Philosophie, en rompant la chaîne qui lie tous les Etres. M. de Maupertuis a employé les derniers efforts pour écarter de lui tout soupçon d'athéisme; & il est évident qu'il n'a soutenu son hypothèse avec quelque chaleur, que parce qu'elle lui avoit paru satisfaire aux phénomènes les plus difficiles, sans que le matérialisme en fût une conséquence. Il faut lire son ouvrage pour apprendre à concilier les idées Philosophiques les plus hardies avec le plus profond respect pour la Religion.

Au reste, dans toute cette dispute, nous avons été simples Historiens. Nous pensons avec M. Diderot que si l'hypothèse de M. de Maupertuis a l'avantage de mieux développer que les autres, le mystére le plus incompréhensible de la nature, la formation des animaux, ou plus généralement celle de tous les corps organisés, elle est en revanche exposée aux conséquences les plus fâcheuses. Si nous n'en avons pas chargé M. de Maupertuis, c'est que nous devions cette modération aux efforts de ce Philosophe pour les rejetter ; & il nous semble que notre exemple étoit bon à suivre.

Mais pour sçavoir ce que nous pensons des Monades de Leibnithz, que ne consultoit-on ce que nous en avons dit, en exposant le sentiment de l'auteur de l'*Examen du Fatalisme* dans notre Journal du 1er. Décembre de l'année 1757 ? Voici comme nous nous exprimions sur sur cet article. ,, L'Auteur a senti l'inconvénient qu'il y ,, auroit à adopter simplement les idées de M. Leibnithz. ,, En retenant ses principes qui lui ont paru clairs, il a ,, tâché de se soustraire aux conséquences absurdes qui ,, en naissent, & a reconnu l'action physique & réciproque ,, que des Êtres simples. Pour établir cette idée, qu'on ,, peut regarder comme la pierre angulaire de son systême, il a été contraint de s'enfoncer dans les profondeurs de la plus subtile métaphysique...... Dans ,, le morceau où il entreprend d'expliquer, comment ,, l'esprit réunit les impressions des êtres simples pour ,, en former le phénomène de l'étendue, & comment ,, il voit dans ce phénomène tous les corps avec tous ,, leurs mouvemens, il régne une métaphysique très ,, fine & très déliée. Mais si les élémens des Corps sont ,, des êtres simples, on ne conçoit plus dès lors aucune ,, différence entr'eux & les esprits. Tous les êtres de ,, l'Univers sont donc homogènes, & par conséquent ,, tous materiels, s'ils ne sont pas tous immatériels. Il ,, seroit bien difficile qu'un systême, qui marche, pour ,, ainsi dire, de si près entre le matérialisme & l'immatérialisme, ne tombât pas alternativement dans ces ,, deux précipices affreux. " Voilà, comme l'on voit, la difficulté dans toute sa force. Pour l'anéantir, nous avons

*dies. Il facrifie à quelques fcrupules les mor-
ceaux les plus brillans.* Mais il porte le
nom de M. de Voltaire ; c'eft affez pour
l'adopter,& pour paffer au deffus de toutes les difficultés. *Un volume , dit-il , devient intéreffant , dès qu'il y a un article
de M. Voltaire. Qu'on ne nous blâme point
de nous ménager un avantage fi précieux.*
Et à la fin il conclut : *Nous ne ferons pas
l'éloge de cet Ouvrage ;* (le Poëme fufdit)
tout eft dit, quand on a nommé fon Auteur.
Le nom de Voltaire peut dont couvrir
toutes fortes de traits hardis & tous les
fyftêmes impies. C'eft l'oracle qui parle,
& qui réduit tout le monde au filence.

Mais notre Auteur a-t-il fi-tôt oublié
fes principes ? *Si en Journalifte fenfé, il
fe fait un crime d'allarmer une feule con-
fcience,* comment ne craint-il pas de pre-
fenter au Public des Ouvrages qui ont déja fcandalifé tant de perfonnes ! Non ; il
faut réfuter, & non pas louer ces Livres
ingénieufement impies, qui n'en impo-
fent qu'aux demi-Sçavans, & méritent d'ê-
tre étouffés auffi-tôt qu'ils naiffent. Loin
de compter comme un avantage précieux
de trouver le nom de Voltaire à la tête
d'un tel Ouvrage, il faudroit déplorer,
que ce grand Littérateur, cet efprit extraordinaire n'emploie pas fes rares talens à quelque chofe de meilleur.

Le Journalifte ne fe fouvient certainement plus de la *leçon utile & frappante,*
qu'il prefente en fon Journal du 15 Jan-
vier 1756. fol. 53. *à ces prétendus efprits
forts, qui, dit-il, travaillent fans ceffe à
fe rendre célébres par des fyftêmes hardiment
impies, qu'ils ofent appeller la Religion naturelle, & qui prétendent nous raffurer fur
l'avenir, fans chercher eux-mêmes à le connoître, ni les heureux moyens d'en jouir.*
Que manque-t-il à Voltaire pour être de
ce nombre? Mais ces inconféquences dé-
célent l'efprit de parti. Ces contradictions

diftingué avec l'auteur trois fortes d'Etres fimplès. Les
Les uns n'ont que la force d'inertie , qui tend à les conferver dans leur état , & qui réfifte à tout changement.
Les autres font doués de la force motrice. Les derniers
ont pour bafe de leur nature la force de penfer.
,, Or les êtres , difons nous, qui par la force de leur
,, nature penfent, font effentiellement diftingués des
,, êtres fimples qui n'ont que la force d'inertie. Ils ne
,, le font pas moins de ceux qui n'ont que la force mo-
,, trice, puifque cette force ne tend à agir que hors
,, d'elle même, & que la force de l'être qui penfe,
,, agit fur lui même , réunit & confidére les différentes
,, impreffions qu'il reçoit. Nulle puiffance ne peut donc
,, élever au rang des efprits les élémens qui n'ont en
,, partage qu'une force d'inertie ou une force motrice.
,, Par la même raifon les efprits qui ont une activité
,, effentiellement différente de la force d'inertie qui fe
,, trouve dans la matiere, foit qu'elle demeure en repos,
,, ou qu'elle foit en mouvement, ne peuvent jamais for-
,, mer une étendue matérielle. Malgré la différence bien
,, marquée, ajoutons nous, que l'Auteur affigne entre
,, l'efprit & la matiere, nous ne doutons point qu'il ne
,, fe trouve des perfonnes à qui cette différence paroî-
,, tra une barriére trop mince entre les deux fubftances,
,, & qui craindront le paffage de l'une à l'autre. Réduire
,, les Corps à des élémens qui font des êtres fimples,
,, c'eft, ce femble, les approcher bien près des efprits.
,, Ces perfonnes feroient plus raffurées, fi les élémens
,, des Corps étoient bruts & épais ; il leur femble-
,, roit alors voir entr'eux & les efprits une barriére
,, que rien ne feroit capable d'anéantir. Il eft aifé de
,, remarquer qu'il y a dans cette crainte plus d'imagi-
,, nation que de raifon. L'inftinct & la raifon, quoi-
,, que très prochés, demeurent neanmoins toujours fé-
,, parés. Les hommes font étranges dans leur maniere
,, de penfer. La crainte d'une erreur les précipite fou-
,, vent dans l'erreur oppofée. Ils font incapables de fai-
,, fir le jufte milieu où fe trouve la vérité." C'eft avec
cette exactitude que nous parlions des Monades Leib-
nithiennes. Or en quoi bleffent-elles l'orthodoxie, lorf-
qu'elles fe préfentent dans un écrit avec tous ces fages
correctifs ? Dans des matieres auffi graves que celle ci,
il ne faut jamais faire femblant d'y entendre fineffe :
il faut s'expliquer clairement, approfondir les objets & les
difcuter. Il en coute il eft vrai ; mais les intérêts de la
Religion exigent qu'on s'en donne la peine.

A-t-on été plus heureux, Meffieurs, dans la cenfure qu'on exerce fur les deux extraits que nous avons
donnés du Poëme de la Religion naturelle ? Nous vous
en faifons juges vous mêmes. Un Poëte n'eft pas un
Théologien. La Poëfie permet des écarts auxquels il
feroit ridicule d'appliquer le compas Théologique. Ainfi
qu'on feroit déraifonner la raifon même, fi l'on appli-
quoit les principes de la Géométrie aux chofes de goût,
il conviendroit peu de mettre à toutes les chofes une
robe de Docteur. Quand il nous eft tombé dans les
mains quelque ouvrage Philofophique ou Théologique,
comme c'eft la raifon bien plus que l'imagination qui
préfide à ces fortes d'ouvrages, nous nous fommes
piqués d'une critique exacte & fcrupuleufe. On peut
confulter tous nos articles qui embraffent ces deux

du Journal font preuve, que ces génies *Encyclopédiques*, c'eſt-à-dire, univerſels, & par conſéquent ſuperficiels, ſont peu propres pour traiter une matiére auſſi profonde, que l'eſt la Religion & ſes myſtéres. Et cependant rien de plus commun aujourd'hui, que de voir ces choſes ſacrées maniées par des Profanateurs.

L'Hiſtoire générale, autre Ouvrage de M. Voltaire, ſe trouve annoncée au Mois d'Avril 1757. en deux extraits. Le plan de cette Hiſtoire eſt formé d'après celle de l'illuſtre Boſſuet : mais le but de ces deux Auteurs eſt bien différent. *Boſſuet* s'efforce de mener toujours le Lecteur à la véritable Religion, & de montrer comment tous les faits ſe rapportent à l'établiſſement de l'Egliſe & à ſa conſervation; Ouvrage, où l'on reconnoit viſiblement le doigt de Dieu. *Voltaire* au contraire voudroit faire paſſer tout cela pour un Ouvrage de politique humaine, décrie l'Egliſe & ſes Miniſtres, révoque en doute les preuves les plus éclatantes qui démontrent ſon établiſſement divin, altére les faits, y ajoûte de fauſſes réflexions pour parvenir à ſon but. C'eſt pourtant Voltaire qui eſt encore le Héros du Journaliſte. Il *attendoit avec impatience cet Ouvrage pour en faire la baſe eſſentielle de ſon Journal.*

Penſe-t-il donc avec M. Voltaire, que *les perſécutions qu'on fit ſouffrir aux Chretiens, ſont beaucoup exagérées dans tous nos Hiſtoriens? Que le génie du Sénat ne fut jamais de perſécuter perſonne ſur ſa créance? Que jamais aucun Empereur ne voulut forcer les Juifs, ni les Chretiens à changer de Religion? Que leurs édits défendent tous la perſécution, à l'exception de celui qui fut donné la derniére année de Domitien?* Suffira-t-il donc toujours, que M. Voltaire avance quelque choſe avec ce ton déciſif, qui lui eſt ſi familier, pour qu'il faille

genres. Ce ne ſont point des mots en l'air, mais des faits qu'on peut vérifier aiſément.

En rendant compte du Poëme de la *Religion naturelle*, nous n'avons pas prétendu que nos Lecteurs y puiſaſſent les dogmes qu'ils doivent croire. Notre intention a été de leur préſenter de beaux tableaux, & des grands traits de Poëſie ; à peu près comme l'on cite dans les Colléges de grands morceaux de Lucréce & d'Horace à de jeunes gens, ſans craindre de faſciner leur imagination encore tendre. Comme ce n'eſt pas aux Poëtes que nous donnons notre foi à former, mais aux Théologiens ; ſeroit-on aſſez injuſte pour exiger de nous que nous euſſions réfuté les écarts d'un Poëte, qui ne les appuye pas même de quelque apparence de raiſonnement ? Marquer ces écarts, c'eſt le devoir d'un critique ; auſſi l'avons nous fait, de l'aveu même de l'auteur de la lettre. Mais s'agit il d'un livre de raiſonnement, où l'on tente de revêtir l'erreur des livrées de la vérité ? C'eſt alors que nous faiſons nos efforts pour combattre l'erreur.

Pour ne point quitter la matiére que nous traitons, avons nous laiſſé quelques doutes ſur ce que nous penſons de l'inſuffiſance de la Religion naturelle ? Voyez de quelle maniére nous nous en expliquons dans notre Journal de l'année 1757. ,, Le Déiſme paroit dans ,, toute ſa force, quand on l'enviſage en lui même. Il ſe ,, confond alors avec la Religion naturelle, qui eſt ,, reſpectable aux yeux de la raiſon. Mais où ſa foi- ,, bleſſe ſe décéle, c'eſt lorſqu'il oſe ſe meſurer avec ,, la Religion Chrétienne. C'eſt alors l'idole du Dagon ,, des Philiſtins qui tombe devant l'arche des Iſraëlites. ,, Le Déiſte ſe fait une loi de ne jamais donner at- ,, teinte au culte extérieur dans lequel il eſt né ; mais ,, il ne fait pas attention que la Religion naturelle, ,, dont il ſe dit le Sectateur, lui en fait un crime. La ,, ſuperſtition, ce vice des ames foibles, & dont il ,, eſt étonnant que le Déiſte, qui ſe donne pour eſ- ,, prit fort, ſe rende coupable, eſt certainement dé- ,, fendue par la loi naturelle, cette loi devant qui il ,, eſt obligé de baiſſer un front docile. Elle lui impo- ,, ſe donc l'obligation de n'être jamais ſuperſtitieux. ,, Or embraſſer le culte de chaque pays, être Chré- ,, tien à Paris, Muſulman à Bizance, Idolâtre à Pe- ,, kin, n'eſt-ce pas plier honteuſement ſous le joug ,, de la ſuperſtition ? Quelle idée le Déiſte ſe forme ,, t'il de ſon Dieu, s'il ſe perſuade que cet Etre con- ,, ſentira dans la Religion Chrétienne à partager ſa di- ,, vinité avec Jeſus-Chriſt, pur homme dans ſon opi- ,, nion ; à reconnoître pour ſon Envoyé dans la Re- ,, ligion Muſulmane l'impoſteur de la Mecque ; & à ,, ſe complaire dans le culte qu'une raiſon égarée rend ,, aux Idoles monſtrueuſes de la Chine ? l'Auteur *des* ,, *Mœurs* blâme dans Abraham ſon peu de ſincérité, ,, lorſqu'il employe une reponſe captieuſe & équivo- ,, que qui ſouſtrait ſon épouſe aux pourſuites d'Abime- ,, lec. De quel nom ce rigide Moraliſte doit-il appel- ,, ler l'action par laquelle il feint au dehors un culte ,, qu'il abhorre, ou du moins qu'il mépriſe dans le ,, cœur ? L'éloge que le Déiſte affecte de donner à So- ,, crate d'être mort *Martyr de l'unité de Dieu*, pronon- ,, ce contre lui même ſa propre condamnation, tou-

l'en croire fur fa parole ? & aura-t-il ce privilége exclufif, qu'il ne doit jamais donner des preuves de ce qu'il avance ? M. Voltaire dit, que les perfécutions font beaucoup exagérées dans tous nos Hiftoriens. C'eft affez ; il ne faut plus fe foucier des monumens les plus authentiques, qui pour la confolation des fidéles nous ont été tranfmis, pour montrer jufqu'à quel point la cruauté envers les Martyrs à été portée. Les Livres Païens même, qui en rendent témoignage, font fufpeéts. il n'y à plus qu'un feul Empereur perfécuteur, c'eft Domitien ; les Nérons, les Décius, les Dioclétiens & Maximiens doivent être rayés de ce nombre, & cela parceque M. Voltaire le veut ainfi. Mais pourquoi le veut-il ? & pourquoi le Journalifte fuit-il fes fentimens ? C'eft qu'on veut faire paffer l'Eglife Catholique pour un ouvrage humain, & pour cela il faut abfolument lui enlever cette nuée de témoins, qui en tout lieu ont fcellé la foi de leur fang au milieu des tourmens les plus horribles. Si on pouvoit réduire ces milliers de Martyrs à un petit nombre ; la force de cette preuve tomberoit d'elle-même : puifqu'il n'eft pas difficile de trouver quelques fanatiques, qui meurent pour foutenir des opinions humaines.

Soutient-il auffi le Journalifte ce qu'il écrit touchant le Pape Jean VIII : que *Jean VIII, écrivant au Patriarche Photius avança que le faint Efprit ne procédoit pas du Pere & du Fils, & que le fentiment contraire étoit un blafphéme ?* S'il étoit un peu verfé dans l'Hiftoire, il fçauroit que Photius paffe pour un grand fauffaire, & qu'il a falfifié les lettres du Pape Jean, celles mêmes qui devoient être lues en plein Concile. S'il en veut être inftruit, nous lui citons entre autres le pere Alexandre, Meffieurs Fleuri & Dupin, Auteurs qui ne font pas fufpeéts en faveur du faint Siége : il

,, tes les fois qu'il va brûler de l'encens fur un Autel ,, profane. Il n'eft donc pas vrai, comme l'avance ,, l'Auteur des *Mœurs*, qu'il faut fe faire une loi de ,, ne jamais donner atteinte au culte extérieur dans ,, lequel on eft né, en le troublant, ni en l'abjurant. ,, Le Déifte eft comme Neron qui n'embraffa fon fre- ,, re Britannicus que pour mieux l'étouffer.

Nous ne pouvons nous refufer à citer encore ce morceau de notre Journal du 1er. Novembre de l'année 1757. ,, C'eft affez la coutume des Déiftes modernes ,, de fe couvrir de la religion naturelle pour mieux atta- ,, quer, de ce retranchement où ils fe croient inac- ,, ceffibles, la Religion révélée. En parlant fans ceffe ,, de Religion naturelle, ils reffemblent à ces chefs de ,, fédition qui crient toujours *liberté*, bien que la vraie ,, liberté fe trouve plutôt dans le gouvernement établi, ,, que dans l'anarchie à laquelle les faétieux afpirent. ,, On ne voit point que les Déiftes ayent entrepris des ,, traités de Religion naturelle. Tout ce que nous avons ,, fur cette matiere, nous vient de la plume des Chré- ,, tiens. Les Déiftes ne fe montrent jamais que quand ,, il s'agit de prêter la main aux Athées, pour abbatre ,, & pour détruire ; on ne les voit jamais édifier. A les ,, entendre, on feroit tenté de croire qu'il y a une ,, extrême oppofition entre les deux Religions, & que ,, l'une d'elles ne peut s'élever que fur les débris de ,, l'autre. C'eft bien peu les connoître que de vouloir ,, les féparer, tandis que par leur nature elles deman- ,, dent à être réunies. Comme le Chrétien eft, pour ,, ainfi dire, enté fur l'homme, il eft conféquemment ,, néceffaire que la Religion révélée foit fondée fur la ,, Religion naturelle. On ne fait pas un crime aux ,, Déiftes d'être les feétateurs de la Religion naturelle, ,, mais d'être les ennemis de la Religion révélée, ,, d'autant plus que celle-ci a empêché l'autre de fe ,, corrompre & de degénérer de fa pureté originale. ,, La Religion naturelle eft contenue dans les livres ,, divins, comme une liqueur précieufe ; c'eft un vafe ,, qui fert à la conferver, & même à en augmenter la ,, force. Les Déiftes s'arrêtant à la forme de ce vafe ,, qui n'eft pas à leur gré, s'efforcent de le brifer, pour ,, avoir, difent-ils, la liqueur toute pure : malheureux ,, qui ne voient pas qu'en brifant ce vafe, la liqueur ,, s'écoulera toute entiere, & qu'elle fera bientôt gâtée ,, ou perdue ! la raifon humaine fans doute, cette rai- ,, fon dont ils font fi fiers, fuffira pour la prémunir & ,, la défendre contre tout ce qui pourroit lui porter ,, quelque atteinte. Mais qu'ils daignent l'interroger ,, cette raifon dans ces grands perfonnages de l'anti- ,, quité, qui femblent encore par leurs talens en im- ,, pofer à notre fiécle ; dans quelle foule d'erreurs ils ,, la verront égarée ! Plus on fe trouve avoir de rai- ,, fon depuis l'heureufe époque où la lumiére de la Ré- ,, vélation a brillé dans l'Univers, moins on conçoit ,, que ceux qui ont précédé cette époque, en aient eu ,, fi peu. C'eft encore un problême à réfoudre, pour- ,, quoi la morale des Platons, des Cicérons, ces ,, grands génies de l'antiquité profane, eft fi inférieure ,, à celle de plufieurs traités compofés par des moder- ,, nes qui ne les valent pas à beaucoup près ? feroit-il ,, donc vrai (ce que bien des Théologiens ont avan-

y trouvera ce qu'ils ont pensé de cette lettre.

Il y a un trait ici digne d'attention, & qui décele l'esprit & le but du Journaliste. C'est, que dans cet article il ne rapporte que la substance de l'Histoire de M. Voltaire. Mais étant parvenu aux deux Conciles de C. P. qui ont succéssivement condamné & rétabli Photius, il se donne la peine de décrire les paroles mêmes de son Historien avec cette réflexion satyrique: *Combien tout change chez les hommes,* dit M. Voltaire, *combien ce qui étoit faux, devient vrai selon les tems ?* &c. Et pour laver l'Eglise de cette belle réponse : *que l'Eglise Latine ignorant entierement le Grec, & la Greque méprisant trop la langue Latine pour daigner l'apprendre, les Peres ne s'entendoient seulement pas, lorsqu'ils paroissoient être le plus d'accord.* Comme si on ne savoit point, que l'Eglise n'a jamais reconnu comme légitime ce second Concile ; que le Pape a desavoué ses indignes Légats, qui avoient trahi leur Ministére: & ce que le courageux Marin envoyé à leur place à C. P. y a du souffrir de la part du Patriarche rebelle, est connu de tout le Monde.

Mais c'est l'intérêt de nos incrédules d'énerver & de tourner en ridicule l'autorité de l'Eglise, qui les gêne dans leur croyance. C'est pourquoi on propose en toute leur force les contrariétés, qu'on veut trouver en ses décisions prétendues ; & pour faire cependant semblant qu'on pense avec elle, pour ne pas révolter tout d'un coup un Lecteur Catholique, on donne une si mauvaise solution à ces difficultés, qu'on confirme plutôt le Lecteur dans les mauvais sentimens, qu'on n'ose pas lui inspirer ouvertement. Est-ce là un Ouvrage digne de paroître sous les auspices d'un Prince, qui par état est juge des controverses de Religion ?

» cé) que l'antiquité eût entiérement ignoré les premiers principes de la Religion & de la morale ; » que la raison humaine, abandonnée à elle même, » fût trop foible pour faire aucune découverte sur ces » matiéres ; que la Religion naturelle fût une chimè-» re, &c ; que les foibles connoissances que les hommes paroissent avoir eues avant l'Evangile, n'étoient » que quelques étincelles mourantes de la tradition » Primitive ? Quoiqu'il en soit, l'expérience de tous » les siécles qui se sont écoulés avant J. C., il y a un » témoin qui dépose avec force contre l'imbécilité de » la raison en matiére de Religion & de Morale, lorsqu'elle est abandonnée à ses propres lumieres. La » Religion naturelle, après avoir été comme égarée & » perdue dans les ténèbres du Paganisme, avoit besoin de s'incorporer au Christianisme pour s'y retrouver dans son entier. Non seulement elle y reçoit » une consistance, qui la rend indépendante des variations de la Philosophie ; mais elle y est aussi enrichie de plusieurs choses précieuses. Plusieurs de ses » Dogmes prennent un appui ferme dans la révélation ; & toutes les vérités qu'elle enseigne, reçoivent un nouveau jour de celles qu'y réunit une lumiere surnaturelle.

Nous laissons à nos Lecteurs à juger, si l'auteur de la lettre nous a bien peints, en nous représentant comme des esprits superficiels, peu propres à écrire sur les grandes matieres de religion ; & si nous devons être mis au rang de ceux qu'il appelle les profanateurs des choses sacrées.

L'essai sur l'histoire générale de M. de Voltaire prête un vaste champ à la déclamation contre les extraits du Journal, par les éloges outrés qu'on y prodigue à cette histoire. Mettre ici M. de Voltaire beaucoup au dessus de l'illustre Bossuet son modèle ; dire de celui-ci qu'il n'avoit ni assez de connoissance, ni de goût, ni de critique, ni de Philosophie, pour exécuter une histoire universelle : c'est, pour ne rien dire de plus, un jugement téméraire, produit sans doute par cet enthousiasme, dont M. de Voltaire remplit les esprits, à la faveur du style enchanteur qui ravit & enleve dans ses écrits. Il eut été à souhaiter que l'auteur des extraits eût eu devant les yeux les écrits de Bossuet, lorsqu'il écrivoit contre lui des choses si injurieuses. Sans prétendre diminuer rien de la gloire de M. de Voltaire, nous croyons que comme continuateur de Bossuet, il n'a pas, à beaucoup près, égalé ce grand homme. Le génie de Bossuet échauffé par les grandes idées qu'il avoit puisées dans les livres sacrés, s'élevoit de lui même au sublime. Peut-être n'y a t-il point d'ouvrage d'un sublime si continu que son discours sur l'histoire universelle. Par la maniere dont il y développe les desseins & la conduite de Dieu dans ce qui concerne les destinées de la Religion, & dans la succession des Empires jusqu'à la chûte de celui des Romains, on croit voir en lui un homme, sur qui Dieu avoit versé quelques rayons de sa lumiere pour instruire les mortels. Ce modéle étoit devant les yeux de M. de Voltaire : pourquoi ne l'a-t-il pas imité ? Pourquoi s'est-il refusé un avantage, dont ses talens supérieurs le mettoient si fort en état de profiter ? En se remplissant des vûes subli-

Dans

Dans le troifiéme extrait on trouve encore les traits de M. Voltaire fur les indulgences, dont il parle d'un ton moqueur. Enfin c'eft affez, Meffieurs, vous voyez le but de cette Hiftoire, & le fond, qu'on peut faire fur la vérité des faits, quoiqu'annoncés avec un ton de maître. Le Journal finit au mois de Juin 1757 les extraits de cet Ouvrage, qu'il appelle *immortel.* Il invite les Lecteurs à l'étudier. *Ces fept volumes,* dit-il, *portent l'empreinte d'un génie Créateur. On trouve à chaque page ces traits d'un pinceau fier & hardi, qui ne refpecte que la vérité.* Après que l'Auteur avoit placé Voltaire bien au deffus d'un Boffuet qui n'avoit pas affez *de connoiffances de goût & de critique* pour écrire avec gloire une Hiftoire univerfelle, on ne s'étonne pas des louanges excéffives qu'on trouve en cet endroit. Mais donnons à M. Voltaire, qu'il eft *génie Créateur,* puifqu'il a créé bien des fyftêmes abfurdes, & des faits dans l'Hiftoire, qu'on ne connoiffoit pas avant lui : donnons-lui auffi, qu'il a un pinceau fier & hardi : il fera toujours faux, qu'il ne refpecte que la vérité ; ce qui devroit faire fon éloge, s'il en méritoit un folide.

Finiffons, Meffieurs, & réfléchiffons ici, ce qu'on doit penfer des fentimens d'un Auteur fur la Religion & les mœurs, qui ofe affurer, que M. Voltaire *ne refpecte que la vérité.*

4°. Pourfuivons & voyons fes penfées fur un autre Auteur célèbre, qui eft M. de Montefquieu.

Nous n'envions pas à ce célebre Préfident la gloire d'être profond Hiftorien, jurifconfulte éclairé, bon citoyen &c. Mais nous ne faurions jamais adopter fes penfées fur la Religion, qu'il femble foumettre au climat, au caractère, au bien temporel de la patrie ; en quelle matiére il débite certainement plufieurs fauffes maximes.

mes, dont le développement donne tant d'éclat au difcours fur l'hiftoire univerfelle ; en dévoilant la fageffe & l'accompliffement des decrets éternels dans les révolutions arrivées aux Empires depuis Charlemagne jufqu'à nous, ainfi qu'on l'avoit fait par rapport à celles des Empires des Perfes, des Babyloniens, des Grecs, des Egyptiens & des Romains, M. de Voltaire auroit moins marché à la fuite qu'à côté de l'illuftre Evêque de Meaux. Il eût dû s'attacher au divin comme à l'hiftorique ; & alors il ne nous eût pas laiffés fans lumiere fur les incurfions des barbares, fur les progrès du Mahometifme, fur l'établiffement & la chûte d'un nouvel Empire. Les vûes de la providence lui échappent quelquefois ; & quoique des raifons fupérieures fourniffent un dénouement à une conduite fi myftérieufe, il femble ignorer qu'il y en ait de telles ; au moins ne cherchet'il point à les pénétrer. C'eft fur ces évenemens qui déconcertent la raifon, & qui paroiffent accufer la Providence, que M. Boffuet auroit jetté quelques uns de ces traits de lumiere, que nous admirons dans la premiere partie de l'hiftoire univerfelle. La feconde eft encore, malgré la continuation de M. de Voltaire, un ouvrage qui fe fait attendre. Qui cependant pouvoit mieux que cet illuftre Ecrivain diminuer le regret, que caufe l'interruption d'un ouvrage fi parfait ? Il eût fait revivre Boffuet dans cet écrit où il auroit immortalifé la Religion.

Une chofe bien étonnante dans cet Effai fur l'Hiftoire générale, c'eft le tableau perpétuel des crimes & des horreurs qu'il préfente, & qui font la honte de la nature humaine. On ne fe délaffe d'une vue fi fatiguante, qu'en appercevant dans le lointain les vertus d'un petit nombre de Chinois, d'Indiens, de Mahométans, de Philofophes ou d'Empereurs payens ? Eftce donc que les faftes de l'Eglife n'en offroient aucunes à célebrer ? Et M. de Voltaire ne devoit-il faire l'hiftoire du Chriftianifme que pour le flétrir fans ceffe ? La plume des Hiftoriens eft le pinceau par lequel ils fe peignent eux mêmes fans le vouloir. Quelle idée M. de Voltaire veut-il qu'on ait de fon amour pour la vertu, tandis qu'il fe plaît bien plus à préfenter les vices de quelques monftres particuliers qui ont deshonoré la nature, que les belles actions & les vertus des grands hommes ? Si les crimes doivent recevoir leur châtiment dans l'Hiftoire, les vertus y doivent encore plus trouver leur récompenfe. Pourquoi M. de Voltaire, au lieu de ne laiffer qu'entrevoir les taches qui bleffent dans quelques Pontifes & dans quelques Souverains, cherche-t'il à les étendre & à les multiplier ? Ce qu'on admire le plus dans les écrits de cet Auteur, ce font les endroits où il a peint la vertu de fes plus belles couleurs. Pourquoi voit-on le pinceau dont il a écrit fon Hiftoire, fouvent trempé des couleurs odieufes du vice ?

Si notre affocié ne releva pas ce défaut dans M. Voltaire, c'eft qu'il crût qu'on pouvoit pardonner l'hiftoire des fcandales de quelques Papes qui ont deshonoré le faint Siége, à celui qui s'étoit exprimé dans ces termes. ,, Nous avons vû * des Pontifes pieux & juftes. Mais

---

* Vol. 3. p. 13.

Il doit, selon le Journaliste, *sa célé-brité principalement aux Lettres Persan-nes* &c : mais on sait, que dans ces Lettres il y a beaucoup de traits caustiques & un ridicule malin répandus sur la Religion & la Morale. Ainsi cette *célébrité* ne sera pas de grand prix chez tout homme qui pense bien. Le Journal convient lui-même, qu'il s'est glissé dans ces Lettres *quelques erreurs, qui intéressent la Religion Chretienne. Telles sont celles, qui attaquent la préscience de Dieu, & la possibilité de quelques mystéres ; qui prêtent des armes au Suicide* &c. Mais il ne veut pas, qu'on en infere, que M. *de Montesquieu est un impie, qui cherche à décrier & à avilir le Chriftianisme.* Nous ne tirons pas cette conséquence : mais profitant de l'aveu du Journal, nous inférons, qu'un Journaliste Chretien ne doit pas préconiser comme *inimitable*, un Ouvrage, qui de soi-même est dangereux, & qui presente des principes absurdes. Il est bien inutile de dire, qu'on ne fait parler qu'un Persan, qui n'a pas d'idée de la vraie Religion. Ne sait-on pas que les mauvaises impressions faites une fois sur l'Esprit de plusieurs jeunes gens & demi-savans, causent des ravages funestes ? Et pourquoi nos incrédules modernes font-ils parler tantôt un Juif, tantôt un Turc ; sinon pour pouvoir sous le masque de ce nom débiter plus librement leurs pensées & décrier la Religion : à cause qu'on en peut dire tout ce qu'on veut, sous prétexte qu'on n'en fait parler qu'une personne mal instruite ? Et entre-tems on inculque les sentimens, auxquels on n'ose prêter son nom, & qu'on voudroit cependant mettre en vogue.

L'Auteur des Lettres critiques sur les Ouvrages contre la Religion, reçoit ici un éloge bien mince. *Dans des Lettres critiques*, dit le Journal, *qui s'impriment journellement, & qu'on nous vante comme*

„ est-il extraordinaire que la longue querelle des Em-
„ pereurs & des Papes, la lutte opiniâtre de la liberté
„ de Rome contre les Césars de l'Allemagne & contre
„ les Pontifes Romains, les schismes fréquents, &
„ enfin le grand schisme d'Occident, n'aient pas per-
„ mis à des Papes élus dans le trouble, d'exercer des
„ vertus que des tems paisibles leur auroient inspirées ?
„ La corruption des mœurs pouvoit-elle ne pas s'éten-
„ dre jusqu'à eux ? Tout homme est formé par son siè-
„ cle : bien peu s'élevent au dessus des mœurs du tems.
„ Les attentats presque nécessaires dans lesquels plu-
„ sieurs Papes furent entraînés, leurs scandales autori-
„ sés par un exemple général, ne peuvent pas être en-
„ sevelis dans l'oubli. A quoi sert la peinture de leurs
„ vices & de leurs désastres ? A faire voir combien
„ Rome est heureuse depuis que la décence & la tran-
„ quillité y régnent.... Les malheurs, les foiblesses,
„ les crimes de quelques Pontifes ne font pas plus de
„ tort à la Religion dans les esprits sages, que les in-
„ fortunes & les vices d'un Souverain légitime n'ébran-
„ lent ses droits au Thrône.

On nous objecte d'avoir anéanti la preuve tirée des Martyrs en faveur du Chriftianisme, sous prétexte que notre Associé rapporte, sans le combattre, le sentiment de M. de Voltaire, qui, sur la foi de Dowel, réduit presque à rien les persécutions & les Martyrs. Il est bien certain que l'exactitude de la critique exigeoit de notre Associé qu'il s'élevât contre un sentiment démenti par l'histoire profane & ecclésiastique. Mais qu'il ait prétendu donner atteinte à la gloire de la Religion Chrétienne qui s'est établie par des torrens de sang, c'est ce dont nous ne convenons point ; d'autant plus que ce n'est pas tant le nombre des Martyrs qui constate la vérité de cette Religion, que la conviction où nous sommes, qu'ils mouroient pour sceller de leur sang des faits dont ils avoient été les témoins. En effet, le Chriftianisme n'auroit rien qui le distinguât de certaines sectes, s'il n'avoit à leur opposer que le nombre de ses Martyrs. Pour ôter à cette preuve toute sa force, nous n'aurions qu'à citer ici la coutume insensée, qui fait aux Indiennes un point d'honneur & de religion de se brûler sur le corps de leurs maris. Cette coutume subsiste dans l'Inde de tems immémorial, & n'y est point abolie de nos jours. Les Philosophes Indiens ne se jettent-ils pas eux mêmes dans un bucher, par un excès de fanatisme & de vaine gloire ? Qu'on parcoure les fastes de l'histoire ecclésiastique, combien d'hérétiques ont affronté courageusement la mort pour soutenir leurs dogmes affreux, témoin les Albigeois, qui étoient Manichéens ! Qu'est-ce donc qui éleve les Martyrs du Chriftianisme au dessus de tous ces fanatiques & de ces enthousiastes ? Le voici. Les erreurs auxquelles se sacrifioient ceux-ci, étoient, non des faits, mais des idées ou des systémes de leur invention, auxquels une vanité opiniâtre s'attache quelquefois invinciblement. Les Martyrs Chrétiens étoient dans un cas bien différent ; ils soutenoient, non leur doctrine propre, mais celle de Jesus-Christ & de ses Apôtres, appuyée par des miracles. Tout rouloit pour eux sur des faits, en faveur desquels il n'est pas naturel de se passionner, au point d'abandonner ses intérêts les plus chers. Ils soutenoient que

*un Livre, qui fait honneur à la Religion,
on attaque M. de Montesquieu, & on le pre-
sente comme un écrivain dangereux. Cependant quel est son tort, sinon d'avoir fait des
Ouvrages, dont le mérite & le but ont échappé à ses injustes Censeurs ?* Ainsi parlet'il, Messieurs, du célébre M. le Docteur
Gauchat, Auteur de ces Lettres critiques,
qui s'éleve aujourd'hui avec tant de succès contre les Ecrivains impies, & qui
remplit sa carriere avec tant de gloire.

Mais les Ecrivains, qui vengent la Religion, ne trouvent pas de place dans le
Journal de Liége, il n'en parle qu'avec
mépris, & il n'a de l'encens que pour les
Voltaires, les Montesquieux, & autres
Encyclopédistes. Un peu de réflexion sur
un tel procédé est suffisant pour faire connoître le but de son Ouvrage.

Le célèbre Président & son Livre *l'Esprit des Loix*, est toujours l'objet de ses
louanges. C'est un Ouvrage, par lequel
il devient *le Législateur des Nations.* Après
avoir décrié ceux, qui ont osé le critiquer, il trouve fort mauvais qu'on ait
étendu les reproches contre l'Auteur de
l'Esprit des Loix, jusqu'à ses sentimens
sur la Religion. Mais nonobstant ces déclamations le Docteur Gauchat, & d'autres grands Ecrivains ont assez démontré
le venin, qu'on trouve dans les Ouvrages qu'on nous vante : & le systême du
Président, qui met tant de liaison entre la
Religion & le climat, est certainement
très dangereux ; de même que plusieurs
de ses principes sur la vertu & toute la
Morale. Si le climat & la Religion sont
si fort liés, la Chrétienne seroit depuis
long-tems bannie de la terre, puisqu'elle
est contraire à tous les climats, en tant
qu'elle est directement opposée à la nature
corrompue, qui se trouve, & se récrie
contre elle en tous les climats du monde.

Mais non, il suffit, qu'on contredise

Jesus-Christ & ses Apôtres avoient enseigné tels & tels
dogmes, à l'apui de tels & tels prodiges. Ils assuroient
qu'ils en avoient été les témoins. Un témoignage de
cette nature qu'on scelle de son propre sang, ne sauroit être dicté par la vaine gloire, ni par l'erreur. C'est
ce qui a fait dire à Pascal avec autant de sens que d'énergie, *j'en crois volontiers des témoins qui se font égorger.* Tous les Martyrs sont morts pour soutenir les mémes faits, dont le recit bien attesté leur avoit été transmis. C'est ce que l'on n'a jamais vû dans les fausses Religions où l'on meurt pour des opinions ; & c'est la
différence qu'il faloit mettre entre les martyrs de la
Doctrine & ceux de l'histoire. Nous sommes persuadés
que l'auteur de la lettre sent à present qu'il auroit dû
faire cette distinction essentielle. En avançant qu'il n'y
a que quelques fanatiques, qui meurent pour soutenir
des opinions humaines, il ébranle lui même la preuve
qu'on tire des martyrs en faveur de la Religion, voilà
les écarts auxquels l'homme est souvent exposé, lorsqu'il n'a que la haine pour guide, & qu'il veut la plâtrer des intérêts du Ciel.

Mais pour revenir à M. de Voltaire, nous croyons
qu'il ne s'est pas exactement expliqué sur la tolérance
du Sénat Romain. Le Magistrat dans Rome toléroit,
il est vrai, toutes sortes de Religions, dans le dessein
de conserver la chaleur & la vivacité des impressions
religieuses. Mais il regardoit comme un point capital
de ne point souffrir qu'on donnât atteinte à la Religion
nationale. La véritable Religion n'ayant point encore
percé des traits de sa lumiere les ténébres de l'idolâtrie, il ne pouvoit naître que de très bons effets de cette
tolérance de Religions, qui, pour être différentes entr'elles, n'étoient pas pour cela opposées. Un Dieu ne
détruisoit pas un autre Dieu. La Religion des Payens
n'étoit point dogmatique ; elle ne consistoit que dans
la morale, dans des fêtes & dans des cérémonies.

Cette sociabilité de Religions, qui couloit de la nature du Paganisme, & qui n'avoit d'autre principe que
les absurdités de ces mêmes Religions, ne pouvoit convenir au Christianisme, qui est fondé sur une révélation véritable, & appuyé sur une théologie dogmatique. Fier de son origine, & chargé du sacré dépôt
des vérités que Dieu a confiées, il n'a cessé de témoigner de l'horreur pour tout autre culte que le sien.
Lorsqu'il s'annonça dans le monde, les Payens fortement imbus du préjugé de la communication mutuelle dès
Religions, le reçurent d'abord avec plaisir. Ils jugèrent du
Dieu des Chrétiens par leurs Divinités locales & tutélaires. Ils crûrent en conféquence que les Chrétiens consentiroient volontiers que leur Dieu fût associé à ceux de
Rome. Mais le tems leur fit connoître l'esprit de la nouvelle Religion. Ils s'apperçurent que comme la Judaïque
elle soutenoit, qu'elle étoit la seule véritable. Ses prétentions qui n'alloient pas moins qu'à renverser le Paganisme, la lui rendirent odieuse. Tout le mépris & l'indignation qu'on avoit eu pour les Juifs aussi intolérans
que les Chrétiens, tombèrent sur ces derniers. L'Empire crut sa dignité blessée, s'il consentoit à quitter la
Religion, sous les auspices de laquelle il avoit été fondé, pour adopter une Religion nouvelle ; qui outre
l'austérité de sa morale, avoit encore contre elle le

M. de Montefquieu, pour être un imbécille, un ignorant, un homme plein de
préjugés & un fanatique : & le fameux
Préfident fous-prétexte qu'il ne parle pas
en Théologien, mais en Philofophe politique, & qu'il ne confidére la vertu &
la Religion, que par rapport à l'Etat, eft
en droit de fe faire toutes fortes de fyftêmes, fans que les Théologiens & les Moraliftes y puiffent trouver à redire; & pour-
vu qu'on puiffe montrer, qu'il y a quelque peu de paroles difpercées ça & là,
où il loue la Religion Chrétienne, on lui
doit paffer tant de lieux, où par des pro-
pofitions contradictoires il femble retrac-
ter fes louanges, & fapper les fondemens
de la Religion & de la Morale. Ignore-
t-on que les fins détracteurs commen-
cent par louer les perfonnes, qu'ils veulent déchirer, afin d'être mieux crus en
tout le mal, qu'ils en diront dans la fuite?
Nous ne prêtons pas ces intentions à l'auteur de l'Efprit des Loix, nous ne parlons
que des inconféquences qu'on trouve dans
fes Ouvrages, & nous affurons, que les
écrits des incrédules modernes font remplis de ces ftratagemes. Le Journalifte lui-
même malgré toute fa partialité contre la
Religion, ne laiffe pas cependant d'en faire l'éloge de tems en tems. Ne feroit-ce
peut-être pas, afin de fe mettre à l'abri
des pourfuites & de faire un tiffu de ces
paffages pour en faire fon apologie, quand
on viendroit à lui faire fon procès ?

5°. Paffons au fameux *Dictionnaire Encyclopédique*, ouvrage, qui eft d'autant
plus cher au Journalifte, qu'il en a pris
le nom, & par-là fe place en la même
Catégorie avec ce fameux Livre, dont il
infpire par-tout les fentimens.

Il feroit inutile de relever ici les principes affreux, dont ce Dictionnaire eft
rempli : principes, qui ne tendent à rien
de moins qu'à bannir toute Religion, tou-

défaut de n'être point illuftrée par les grandeurs, &
fur qui rejailliffoit l'obfcurité de ceux qui la préchoient.
Les Philofophes & les Sçavans étoient piqués de voir
que des gens fans lettres, fans aucune culture d'efprit,
fe donnaffent les airs d'une fageffe plus fublime que
celle du refte du monde. C'eft le reproche que Celfe
faifoit aux Juifs, & que les Chrétiens ne méritoient
pas moins qu'eux par leur tendre attachement à une
Religion, qui leur interdifoit toute communication ré-
ligieufe avec les Payens. De là cette haine envenimée
qui domine fi fort dans les relations partiales que les
Hiftoriens Romains firent des Chrétiens. De là ces
perfécutions violentes, qui éclatèrent contre eux dans
tout l'Empire, & dont le feu ne s'éteignit, que lorfque la croix eût été placée fur le Diadême des Empereurs.

Il paroît que l'Auteur de la lettre n'a de zèle que
pour trouver des erreurs dans notre Journal, & qu'il
manque de charité au point de n'y pas découvrir les
vérités que nous y confignons. S'il eût jetté les yeux fur
notre Journal du 15 Avril de cette année, il y auroit
lu ces mots au fujet des Martyrs. ,, Que les tems font
,, changés ! nous nous fcandalifons aujourd'hui de ce
,, qui paroiffoit aux anciens une preuve invincible de
,, la vérité de la Réligion Chrétienne. L'Acte le plus
,, héroïque, le Martire, nous le dégradons par le nom
,, de fanatifme que nous ofons lui donner. En un mot,
,, nous blafphémons où ils adoroient. L'Auteur de
,, *Caton*, du *fpectateur Anglois*, l'immortel Addiffon,
,, trouvoit je ne fçai quoi de furnaturel & de divin
,, dans le courage que témoignoit une foule de Mar-
,, tyrs, au milieu des tourmens qu'on leur faifoit en-
,, durer &c.

On nous demande d'un ton triomphant fi nous croyons que Jean VIII. ait écrit ces mots à Photius : *nous
penfons comme vous ; nous tenons pour tranfgreffeurs de
la parole de Dieu, nous rangeons avec Judas, ceux
qui ont ajouté au Symbole, que le St. Efprit procède
du Pere & du Fils ; mais nous croyons qu'il faut ufer
de douceur avec eux, & les exhorter à renoncer à ce blaf-
phême.* Pour infirmer cette lettre, on daigne nous apprendre que Photius étant un habile & hardi fauffaire, il doit avoir falfifié cette lettre du Pape Jean ; &
pour nous écrafer par une autorité refpectable, on
nous renvoye à M. Fleury, qui, dit-on, n'eft pas fuf-
pect en faveur du St. fiége. Nous ouvrons cet Hiftorien, & nous voyons que fon doute ne tombe que
fur l'authenticité des Actes du Concile de Photius.
Quant à la lettre qu'on trouve à la fin de ces Actes, il
n'élève fur elle aucun nuage qui la rende fufpecte. La
chofe eft fi vraie, qu'il fait tous fes efforts pour lui
donner une interprétation favorable, ce qu'il n'auroit
certainement pas fait, fi la lettre eût été apocryphe.
Voici comme il s'exprime à cette occafion, liv. 53. Nom.
24. de fon hiftoire eccléfiaftique. ,, Le Pape Jean VIII.
,, fcachant que les Grecs étoient fcandalifés de cette
,, addition, pouvoit avec vérité dire, que l'Eglife Ro-
,, maine ne l'avoit point reçue, & blâmer ceux qui
,, l'avoient introduite; & s'il ufe contre eux d'expref-
,, fions trop fortes, on peut les attribuer à fa complai-
,, fance pour Photius & pour l'Empereur Bafile, qui

te vertu Morale, & détruire en même tems le Thrône, l'Etat & la vie civile pour faire un triomphe de toutes ces respectables ruines à l'impieté & l'irréligion. Il seroit inutile, disons-nous : le cri du genre humain s'est déja manifesté partout, & les flétrissures, qu'il a reçues des deux puissances, sont un sûr garant de la justice des Censures, qu'on en pourroit porter. Nous tâcherons seulement en peu de mots de rapprocher le Journal du Dictionnaire, & démontrer, qu'il adopte les mêmes idées & les mêmes systêmes, & par conséquent qu'il mérite le même sort, que ce Dictionnaire a si justement éprouvé.

Pour en être convaincu, il suffit de jetter les yeux sur les éloges si souvent répétés & prodigués envers cet Ouvrage, dont il chérit les Auteurs comme ses maîtres & ses instructeurs.

Tantôt *il est semblable à ces superbes galeries, qui renferment les Chefs-d'œuvre des plus habiles Peintres. Il faut plusieurs jours pour en développer toutes les richesses & pour en saisir tous les détails. On y revient souvent, & plus on les étudie, plus on est frappé d'admiration. Tantôt c'est un grand Ouvrage qu'il se hâte d'annoncer au Public pour l'utilité qu'il en peut tirer.* Il s'applaudit avec un air de complaisance, *qu'aucun Journaliste de l'Europe n'a songé à procurer cet avantage à ses Lecteurs* (c'est-à-dire de présenter la substance des meilleurs morceaux de l'Ouvrage) *Aussi, poursuit-il, n'ont-ils pas le bonheur de compter parmi leurs souscripteurs autant de Philosophes que nous. Nous avons le rare plaisir de converser dans nos Journaux avec nos Maîtres, de nous instruire avec eux, & de profiter de leurs réflexions.* Laissons lui ses Maîtres & le profit, qu'il retire de leurs leçons. Une chose, qui nous paroît bien ridicule ici, c'est qu'après un tel éloge il ne fait en cet endroit que deux extraits, l'un sur le

,, lui a fait faire tant de fautes. Mais il ne touche poin ,, en cette lettre au fond de la doctrine. Ce qui n'a ,, pas empêché depuis les Grecs Schismatiques de ,, prendre avantage de cette lettre, & de tout ce qu ,, fut fait sur ce sujet, au Concile de Photius, qu'ils ,, tiennent pour le vrai huitieme Concile Œcuméni ,, que, ne comptant pour rien celui de l'an 869. " A travers ces expressions ménagées & adoucies par respect pour le St. Siége, il est aisé de voir que Jean VIII trahit un peu les intérêts de la vérité, ainsi qu'Honorius l'avoit déja fait dans l'affaire des Monothélites. De l'aveu même de M. Fleury, Jean VIII commit plusieurs fautes par complaisance pour Photius & pour l'Empereur Basile. Or ces fautes pouvoient elles regarder autre chose que le rétablissement de Photius, & cette politique trop humaine qui le faisoit presque conniver à l'erreur des Orientaux, qui disoient que le St. Esprit procéde du Pere seulement ?

,, Combien tout change chez les hommes ? Com ,, bien ce qui étoit faux devient vrai selon les tems ! ,, les Legats de Jean VIII. s'écrient en plein Conci ,, le ; *si quelqu'un ne reconnoît pas Photius, que son* ,, *partage soit avec Judas.* Le Concile s'écrie, *longues* ,, *années au Patriarche Photius, & au Patriarche Jean.* Dans cette reflexion que notre Associé a copiée de M. de Voltaire, l'Auteur de la lettre croit appercevoir un trait satyrique & malin contre l'Eglise même. Mais en quoi l'autorité de l'Eglise est-elle ici compromise ? Lorsque le Pape Libere eut la foiblesse de souscrire à la déposition de St. Athanase, & à la formule captieuse du Concile de Smyrne, où étoit enveloppé le venin de l'Arianisme, les Orthodoxes crurent-ils voir dans la chûte de ce Pape celle de l'Eglise Catholique? Le cas de Jean VIII. est le même que celui de Libere. Il paroît que l'Auteur de la lettre a voulu inspirer contre nous de l'horreur, avant d'avoir prouvé qu'on doit avoir de l'horreur. Veut-il sçavoir ce que nous pensons de l'autorité de l'Eglise ? Qu'il lise ce morceau de notre Journal du 15 Novembre de l'année 1758. ,, En montrant les fragiles fondemens sur lesquels est ,, appuyé le Protestantisme, le Docteur Brown lui a ,, porté, sans le sçavoir, un coup mortel. Une Re ,, ligion que Dieu a fondée, doit montrer dans sa ,, durée éternelle le caractère de la main de cet Etre ,, suprême. Or, de l'aveu du Docteur Brown, le Pro ,, testantisme ne sçauroit revendiquer cette éternité ,, qui caractèrise si bien la véritable Religion. 1o. Il ,, n'inspire point par lui même à ses sectateurs ce zèle ,, dont il auroit besoin pour sa propagation. 2o. La ,, désunion des esprits, funeste avant coureur de la ,, chûte d'une Religion, est une suite de la liberté ex ,, cessive qu'il leur donne de porter une main témé ,, raire sur les livres divins. En se dépouillant d'une ,, autorité qui auroit dû leur servir de frein, il a ébranlé ,, lui même la pierre sur laquelle repose l'édifice du ,, Christianisme.

Au ton qu'a pris avec nous l'auteur de la Lettre, il n'étoit pas possible, Messieurs, que nous échappassions au reproche injuste qu'il nous fait de louer avec une complaisance délicieuse M. de Montesquieu. Et à qui veut-il que nous portions l'encens de notre estime ?

mot *Femme*, l'autre sur le mot *Fat.* Le premier, qui occupe seize pages, n'est qu'un véritable Roman, deshonorant pour le sexe : & le Journaliste lui-même s'étonne, que *de vrais Philosophes aient pu avouer cet article dans un Dictionnaire* (N. B.) *que la Nation regarde comme le plus beau monument qu'on puisse ériger à la gloire des connoissances humaines, & à celle de la vertu.* Qu'il est beau de voir un article si Romanesque placé au milieu d'éloges si magnifiques ! mais il paroît que le Journal ne néglige rien de ce qui a l'air Roman & l'empreinte de la coquetterie

L'extrait, qu'il avoit donné au mois de Mars sur la Philosophie Eclectique, étoit bien plus sérieux : mais si on prend la peine de l'examiner, on verra quels sont les principes qu'il y débite.

Il commence encore son mois de Décembre 1756 par un Enthousiasme sur ce fameux Livre : *C'est*, dit-il, *notre Tresor... Il y a peu de gens, qui aient conçu une plus haute idée que nous des Chefs de l'Encyclopédie.* Et pour montrer, qu'il n'en juge pas à la légere, il ajoûte : *Nous avons pour eux cette admiration, qui naît de la réflexion & de l'Examen ; la seule, dont les vrais Philosophes puissent faire cas.* Ce n'est donc qu'après l'Examen & la réflexion la plus sérieuse, qu'il a adopté les idées & les sentimens de ces Messieurs, qu'il admire, & qui cependant se trouvent détestés & flétris par les Deux Puissances.

L'article sur *l'Existence*, qu'il donne ici, prouve assez, ce qu'il pense avec ses Maîtres. On y apprend à l'homme à ne connoître l'existence de soi même, que par le sentiment des choses sensibles, & à borner les sentimens du *moi à ce petit espace circonscrit par le plaisir & par la douleur.* On sait, que c'est le systême à la mode, de ne donner à nos idées d'autre origine que les sensations ; & on connoît les con-

Connoît-il parmi ceux qui ont honoré l'humanité, quelqu'un qui en soit plus digne ? Si jamais la postérité étoit instruite qu'il y a eu des hommes qui ont envié à notre Président les éloges que nous lui donnons, elle né pourroit regarder que comme un siécle barbare celui qui les auroit vû naître. Ses idées n'eussent elles pas toujours toute la justesse que demande la vérité, il mériteroit encore notre estime pour le génie créateur qui perce par tout dans son *Esprit des Loix.* Nous ne faisons que copier ici la remarque très juste & très fine du Journal des Sçavans, qui s'exprime ainsi. „ La gloire de M. „ de Montesquieu est indépendante du succès de ses „ idées... Les grandes & profondes vérités sont pour „ les hommes un bien si incertain, qu'ils pardonnent „ d'avoir été trompés, & qu'ils jugent bientôt le Phi- „ losophe, non par les idées qu'il a défendues, mais „ par le degré de force ou de finesse qu'il sçut appli- „ quer à ses recherches.

De tous les Ouvrages de ce grand homme, celui qui paroît le plus fournir à la critique, ce sont ses *Lettres Persanes*, auxquelles il doit une partie de sa célébrité. Nous avons commencé par convenir, que dans le grand nombre de vérités hardies que l'Auteur y a répandues, il s'est glissé plusieurs erreurs qui intéressent la Religion ; telles sont celles qui attaquent la prescience de Dieu & la possibilité de quelques mystéres, celles qui prêtent des armes au Suicide, &c. Mais ces erreurs doivent elles être mises sur le compte de M. de Montesquieu ? Et nous, qui prétendons qu'on ne peut l'accuser d'avoir cherché par là à décrier & à avilir le Christianisme, devons nous encourir l'indignation qu'on doit à ceux qui sont les fauteurs de l'impiété ? Les Persans qu'on fait parler conformément à leurs préjugés religieux & nationaux, non d'après un examen raisonné, mais d'après un sentiment de surprise & d'étonnement, sont-ils donc pour un Chrétien des Théologiens redoutables ? Et la foi, soutenue de miracles & de prophéties, doit-elle plier honteusement devant la raison ? Oui, dira notre Censeur, quand la foi rencontrera de jeunes gens, des demi-sçavans, des femmes du monde, à qui la moindre lueur de raisonnement est capable de faire tourner la tête.

Mais c'est précisément cette foiblesse de raison, qui nous a déterminés à présenter sous un jour moins défavorable les Lettres Persanes. En convenant qu'il y ait eu de l'imprudence de la part de M. de Montesquieu à toucher à des questions d'autant plus délicates, qu'elles intéressent de plus près la Religion ; n'y en auroit-il pas eu une aussi grande de notre côté, d'accuser ici sa foi, & de répandre mal-à-propos sur ce génie du premier ordre un soupçon d'incrédulité ? Dans ce siécle malheureux, où les intérêts de la Religion ont si fort besoin d'être ménagés, devions nous donner cet avantage à un tas d'Incrédules qui affectent de l'être par air ou pour leur commodité, qu'ils pussent nous opposer le nom de Montesquieu ? Qu'on se rappelle ce que nous avons dit il n'y a pas longtems * sur la prétendue victoire que les Incrédules, forts du nom de cet illustre Ecrivain, croyoient remporter sur la Religion :

---

* Journal du 1er. Août de cette année.

féquences , qu'on tire de ce principe.

En parlant du *Profpectus* donné à Luc-ques pour une nouvelle impreffion de l'En-cyclopédie , le Journalifte en prend oc-cafion de faire des invectives contre fes adverfaires, *Les frivoles Ennemis ,* dit-il , *des fciences & de l'Encyclopédie jugeroient combien ils ont tort de s'oppofer au progrès des connoiffances utiles , qui font aujour-d'hui le goût dominant de l'Europe. Cette efpéce d'Epicuriens , qui ne cherche dans les Livres qu'un amufement puéril , eft venue quelques fiecles trop tard.* On doute s'il ofe-roit encore donner le nom d'ennemis fri-voles & d'Epicuriens à ces autorités ref-pectables , qui ont pris parti contre l'Ou-vrage qu'il préconife.

Enfin pour montrer une bonne fois , que le Dictionnaire Encyclopédique & le Jour-nal n'ont qu'un même but & le même Efprit , il fuffira de l'en convaincre par fes propres paroles , qu'on trouve dans l'a-vis Préliminaire du 15. Novembre 1757, où en rapprochant fon Journal au Dic-tionnaire , il en parle en ces termes. *Il feroit bien glorieux pour nous , qu'on pût appliquer à notre Journal ces mots du Poëte Latin : Vires acquirit eundo ; dont le Dic-tionnaire Encyclopédique remplit toute la force & toute l'étendue. Formé fur le mê-me plan , & dirigé par les mêmes vues que cet Ouvrage célèbre , notre Journal , s'il eft bien fait , doit le reprefenter en tout ; imiter fa maniére , prendre fon ton , & faire fur les Ouvrages , que chaque jour voit éclo-re , ce que ce Dictionnaire fait fur tous ceux , dont fe compofe la fphere immenfe des connoiffances humaines. Il doit fur tout prendre de l'Encyclopédie cet Efprit Phi-lofophique , qui la caractérife , & qui répandu dans toute la maffe de l'Ouvrage anime & vivifie toutes fes parties. &c.*

L'endroit eft affez long, mais il con-tient une Confeffion bien claire , & le

les Incrédules , difons nous d'après M. d'Alembert, *fe font glorifiés du chef qu'on leur donnoit fi gratuitement ; ils ont accepté avec reconnoiffance l'efpece de préfent qu'on leur faifoit ; & le nom de M. de Montefquieu leur a été bien plus utile , que les prétendus traits qu'on l'accufoit d'avoir lancés contre le Chriftianifme. . . . Auffi qu'eft-il enfin arrivé , après tant d'écrits & d'injures pieufes contre l'auteur de l'Efprit des loix ? Les défenfeurs éclairés de la Religion , qui étoient d'abord reftés dans le filence , l'ont enfin rompu (peut-être un peu trop tard) pour juftifier ce Philofophe. Ils ont fenti le poids du nom qu'on leur op-pofoit , & n'ont rien oublié pour le rayer du catalogue des Mécréans , où on l'avoit fi légérement placé.*

L'Auteur des *Lettres Critiques* , dont le zèle trop ardent nuit quelquefois à la bonne caufe qu'il défend , auroit dû imiter la Sorbonne qui n'a jamais imprimé aucune flétrif-fure fur les écrits de M. de Montefquieu ; foit qu'elle les ait trouvés à l'abri des atteintes de la foudre , ou qu'elle ne les ait pas jugés pernicieux. Et que prétend cet Au-teur avec fes obfervations critiques fur l'*Efprit des Loix?* S'il a réuffi à décrier cet excellent ouvrage dans l'efprit des ignorans , il a encore mieux prouvé qu'il n'avoit pas la clef du fens que l'Auteur a prétendu y renfermer. Loin de lui devoir des éloges , il n'a mérité que notre cenfure dans cette partie de fon travail ; nous ne pré-tendons pas l'étendre à tout ce qu'il a écrit. Nous ne diffimulerons point que c'eft lui que nous avons eu prin-cipalement en vûe dans la réfutation que nous avons faite de ceux qui ont attaqué l'*Efprit des loix.* Si l'Au-teur de la Lettre n'a pas goûté nos raifons , nous nous flattons , Meffieurs , qu'elles feront une autre impref-fion fur votre efprit. Nous allons en expofer ici quel-ques unes.

M. l'Abbé Gauchat , pour mieux critiquer l'*Efprit des loix* , a imaginé un plan qui n'eft point celui de l'Auteur ; & parce que M. de Montefquieu n'a pas rem-pli ce plan imaginaire , il le trouve continuellement en défaut. Ce terrible Cenfeur veut abfolument que par *Efprit des loix* on entende le véritable objet qu'elles fe propofent ; tandis que dans le ftyle de M. de Montef-quieu ces mots fignifient ; la raifon qu'on peut donner de cette infinie diverfité de loix & de mœurs, qu'on prendroit volontiers pour l'ouvrage des fantaifies des hommes, quoiqu'elle foit fondée fur des caufes phyfiques & morales. De cette méprife , il réfulte néceffairement que M. l'Abbé Gauchat réfute très bien le livre qu'il a dans la tête, mais nullement celui de M. de Montefquieu. C'eft ce que nous avons voulu faire entendre par ces paroles. ,, Les Critiques qui fe font le plus élevés con-,, tre l'*Efprit des loix* , font ceux qui en ont moins com-,, pris le plan ; & ce plan ne leur a échappé , que par-,, ce qu'ils ont eu trop bonne opinion d'eux mêmes. ,, Comme la plûpart d'entr'eux font des Théologiens ,, & des Moraliftes ; il n'eft pas douteux que , s'ils ,, avoient traité la même matière que M. de Montef-,, quieu, ils n'y euffent fait entrer bien des queftions ,, que l'on agite dans les écoles fur les vertus humai-,, nes & fur les vertus Chrétiennes ; & qu'ils n'y euffent ,, mis ce qu'ils fçavent très bien : mais ce n'eft point ,, avec ces queftions qu'on fait des livres de politique ,, & de jurifprudence. Notre-Auteur n'ayant pas cru

Journaliste après s'être expliqué de la forte, ne peut aucunement prendre en mauvaise part, qu'on place son Livre à côté
du Dictionnaire, & qu'on juge l'un & l'autre
dignes du même sort. Son procés est conclu;
si les Juges de Liége veulent donner sen-
tence, ils n'ont plus besoin d'autres piéces.

6°. Que si l'on veut avoir quelques preuves détaillées sur les systêmes affreux,
dont le Journaliste est sectateur : on n'a
qu'à jetter les yeux sur les extraits qu'il
donne du Livre *de l'Esprit*, où sa Philosophie détestable & la noirceur des idées,
qu'il s'est formées sur les premiers principes de la Morale, se montrent en tout
leur jour. On sait, que ce fameux Livre,
qui détruit toutes les Loix divines & humaines, a révolté tout homme raisonna-
ble, qu'il a été flétri non seulement par
la puissance Ecclésiastique à Rome & à
Paris, mais aussi condamné par un arrêt
du Parlement. C'est cependant cet Ouvrage qui fait les délices du Journaliste
de Liége, qui ose même tourner à la gloire de l'Auteur les Censures & les contradictions, qu'il a si bien méritées. Voici
comme il en parle, *la condamnation que son*
Ouvrage a essuyée, n'est que la peine d'un
moment, & s'il passe chez les Nations éloig-
nées & à la postérité, le jugement, qu'el-
les en porteront, peut d'avance dédomma-
ger l'Auteur des disgraces, qu'on lui suscite
dans sa patrie. Et pour montrer qu'on ne
méprise pas seulement les Censures de
quelques particuliers, mais qu'on en veut
même à celles, qu'en pourroient porter
les Magistrats, le Journaliste a la hardiesse
d'ajoûter : *Déjà même ce suffrage tacite*
des Lecteurs, plus indulgens que des Ma-
gistrats, tempere au fond de son cœur l'a-
mertume d'une prohibition authentique. Un
Journaliste pareil, qui ose lever si ouvertement l'Etendard de la Rébellion, & se
moquer des Prohibitions les plus authen-

,, devoir placer dans un livre de droit toutes les véri-
,, tés de la Religion révelée, ils ont conclu judicieu-
,, sement qu'il les nioit, parce qu'à sa place ils en au-
,, roient parlé. On critiquoit autrefois sur les choses
,, qu'on écrivoit, aujourd'hui l'on déclame sur celles
,, qu'on n'écrit pas.

,, M. de Montesquieu connoissoit les bornes des
,, sciences; il a donc resserré son sujet dans l'enceinte
,, qui lui convient. Riche de son propre fond, il pou-
,, voit s'étendre à l'infini ; mais il n'a fait usage de sa
,, force que pour se contenir dans les limites que le
,, génie seul peut se fixer à lui même. Il faloit des li-
,, mites dans une matière aussi vaste que l'esprit des
,, loix, puisqu'elle embrasse toutes les institutions qui
,, sont reçues parmi les hommes, puisqu'il s'agit de
,, distinguer ces institutions, d'examiner celles qui
,, conviennent le plus à la société & à chaque société,
,, d'en chercher l'origine, de découvrir celles qui ont
,, un degré de bonté par elles mêmes, & celles qui
,, n'en ont aucun ; puisque de deux pratiques perni-
,, cieuses, il faut chercher celle qui l'est plus & celle
,, qui l'est moins ; discuter celle qui peut avoir de
,, bons effets à un certain égard, & de mauvais dans
,, un autre. Un sujet aussi immense laissoit-il encore de
,, la place aux questions du péché originel & de la
,, grace qui n'y ont aucun rapport ?

,, Dans l'étendüe de sa carrière, il a dû nécessaire-
,, ment traiter de la Religion, parcequ'elle entre dans
,, son plan ; mais il n'a point dû l'envisager selon les
,, vûes des Critiques, parcequ'il n'est pas Théologien.
,, C'est comme des institutions humaines qu'il a dû
,, considérer les fausses Religions, & nullement sur le
,, degré de fausseté qu'elles peuvent avoir. Quant à la
,, Religion Chrétienne, il n'en a parlé que par occa-
,, sion ; parceque par sa nature, ne pouvant être modi-
,, fiée, mitigée, ni corrigée, elle n'entroit point dans
,, le plan qu'il s'étoit proposé. Au lieu d'attaquer cet
,, illustre Ecrivain avec tant d'aigreur, les Critiques
,, auroient mieux fait de relever le prix des choses
,, qu'il a dites en faveur du Christianisme. Ils sont in-
,, justes, toutes les fois qu'ils lui reprochent de n'a-
,, voir pas assez mélé de morale & de Théologie dans
,, ce qu'il a écrit sur les pratiques religieuses des Na-
,, tions quelconques, puisqu'il n'auroit pu le faire qu'en
,, défigurant lui même la nature de son ouvrage.

Que veut dire l'Auteur de la lettre, que sous prétexte
qu'on ne parle pas en Théologien, mais en Philosophe
politique, on n'est pas en droit pour cela de se faire
toutes sortes de systêmes, & que les Théologiens &
les Moralistes peuvent exercer leur censure sur eux, s'ils
leur paroissent contraires aux enseignemens de l'Eglise ? Ne diroit-on pas que M. de Montesquieu a donné atteinte à la vérité de cette maxime ?

Qui doute que le Christianisme ne puisse être envi-
sagé dans ses rapports avec l'Etat civil ? Mais ces rapports, différents de ceux dans lesquels on le considé-
reroit avec la cité de Dieu, ne doivent pas leur être
opposés. En quoi M. de Montesquieu a t'il blessé la révélation ou la morale, lorsqu'il a présenté le Christianisme sous le premier aspect ? Nous avions prévenu
cette difficulté que l'Auteur de la lettre répete d'a-

tiques, n'eſt-il pas un homme bien dangereux dans un état ?

Le Journal pourſuit, & pénétré des grands ſentimens de l'Auteur, il preſente en détail tout le venin, qui eſt contenu dans ce volume pernicieux. *L'eſprit*, dit-il, *n'eſt qu'un aſſemblage d'idées... Toutes ſes idées viennent de la ſenſibilité Phyſique, & celle-ci dépend de l'organiſation extérieure.* Voilà le principe par lequel il débute. On en ſent les conſéquences. En voici quelques autres ſur la notion du bien & du mal. *Le public eſt le ſeul appréciateur équitable. Il n'y a d'actions honnêtes, grandes ou héroïques, que celles qui lui ſont utiles. Comme les intérêts du Public varient ſelon les lieux & les tems ; la vertu ne ſauroit être toujours la même, & l'idée en eſt arbitraire.* La diſtinction des vertus & la deſcription qu'il y donne de la Morale, méritent d'être obſervées. On en parlera plus bas.

Pourſuivons. *La ſenſibilité Phyſique ſeule produit toutes nos idées : elle eſt l'unique & le grand principe de toutes les opérations de l'Eſprit... Cette ſenſibilité n'eſt en nous que la capacité d'appercevoir les convenances & les diſconvenances, qu'ont entr'eux les objets divers.* Ici le Journaliſte n'eſt pas tout-à-fait du même ſentiment que ſon original ; puiſqu'il ajoûte cette note : *Pourquoi l'Auteur n'a-t-il pas ajoûté, relativement à nous ? Car nous ne connoiſſons rien de certain que ce qui nous regarde.* Avec de tels principes on ira bien loin. Il n'eſt pas néceſſaire, Meſſieurs, de vous en faire ſentir l'énormité. Enfin il conclut que dans tout le premier diſcours du Livre *il ne trouve rien de répréhenſible, ſi on en excepte une comparaiſon, que l'Auteur y fait du ſinge avec l'homme, & qui, quoiqu'elle ſoit à l'avantage de l'eſpece humaine, peut bleſſer notre amour propre.* C'eſt ainſi que ces ames de boue

près M. Gauchat, dans ces termes. ,, Dans quel endroit ,, de l'*Eſprit des loix* a t'il flétri cette Religion, qui, ,, ſelon ſa propre expreſſion, a ſa racine dans le Ciel ? Ne ,, s'eſt-il pas empreſſé à lui payer dans toutes les occaſions ,, le tribut de reſpect & d'amour que doit lui rendre tout ,, Chrétien ? Dans la comparaiſon qu'il en a faite avec ,, les autres Religions, ne l'a-t-il pas toujours miſe au ,, deſſus de toutes ? Pourquoi donc groſſit-il aujour- ,, d'hui la liſte de ceux qui ne ſont connus que par leurs ,, blaſphêmes contre le Ciel ? Siécle malheureux, où le ,, faux zèle croit d'autant plus ſervir la Religion, qu'il ,, en ſépare ceux qui ſeroient le plus propres à l'ho- ,, norer ! Par quelle bizarrerie veut-on ôter à M. de ,, Monteſquieu le titre de Chrétien, tandis qu'on le ,, donne preſque à Platon ? Mais enfin quel eſt donc ,, le prétexte de tant d'accuſations téméraires contre ,, l'orthodoxie de M. de Monteſquieu ? C'eſt que *les* ,, *traits qu'il aiguiſe le plus, ſont ceux qu'il lance contre* ,, *l'Intolérance : c'eſt que de tous les droits de la vérité,* ,, *c'eſt celui qu'il reſpecte le moins : c'eſt que ce droit eſt* ,, *le plus inaliénable, puiſqu'on ne ſauroit lui en refuſer* ,, *la poſſeſſion & l'exercice, ſans l'obliger à partager ſon* ,, *thrône avec le menſonge.* Quoi ! la vérité avoir le ,, droit de perſécuter ! ah ! ce n'eſt pas là l'eſprit de ,, l'Evangile : *le caractere de la vérité,* dit le grand hom- ,, me qu'on calomnie, *c'eſt ſon triomphe ſur les cœurs &* ,, *ſur les eſprits, & non pas cette impuiſſance que l'on* ,, *avoue, lorſqu'on veut la faire recevoir par des ſupplices.* ,, Qu'un recueil de tous les paſſages de l'*Eſprit, des* ,, *loix,* diſons nous plus bas, où l'on ſent une ame péné- ,, trée de toute la grandeur de la Religion Chrétien- ,, ne, auroit fait d'honneur à un Pere même de l'E- ,, gliſe ! ceux qui craignent que l'*Eſprit des loix* ne faſ- ,, ſe tort à la Religion Chrétienne chez les Princes ,, idolâtres, penſent-ils aſſez dignement de cette Re- ,, ligion ? M. de Monteſquieu la connoiſſoit bien, & ,, il en célébroit la puiſſance, quand il diſoit : a t'elle ,, réſolu d'entrer dans un pays ? Elle ſçait s'en faire ,, ouvrir les portes ; tous les inſtrumens lui ſont bons ,, pour cela. La Religion Chrétienne ſe cache t'el- ,, le dans des lieux ſouterreins ? Attendez un mo- ,, ment, & vous verrez la Majeſté Impériale parler ,, pour elle. Elle traverſe, quand elle veut, les mers, ,, les rivieres, & les montagnes. Ce ne ſont pas les ,, obſtacles d'ici bas qui l'empêchent d'aller. Mettez ,, de la répugnance dans les eſprits ; elle ſçaura vain- ,, cre ces repugnances : établiſſez des coutumes, formez ,, dès uſages, publiez des Edits, faites des loix ; elle ,, triomphera du climat, des loix qui en réſultent, & ,, des légiſlateurs qui les auront faites.

Comment l'Auteur de la Lettre n'a-t-il pas vû dans ces derniers paroles une réfutation éclatante de cet aſcendant invincible qu'il ſuppoſe que M. de Monteſquieu donne au climat ſur la Religion ? Dans le ſyſtême de ce grand homme, les loix ſont faites pour ſervir de contrepoids à la force du climat ; donc c'eſt à tort qu'on lui reproche d'avoir fait de l'homme une machine qui reçoit du climat toutes ſes impreſſions de vice ou de vertu. Qui ne reconnoît dans ce paſſage de notre Journal les principes de M. de Monteſquieu ? ,, Comme le caractére de l'eſprit & les paſ-

aviliſſent la dignité de la nature humaine. Homme ! ſi on vous compare à un ſinge ; c'eſt un avantage, qu'on vous mette au deſſus de lui : & ſi cette comparaiſon vous bleſſe, ne vous en prenez qu'à votre amour propre. Votre raiſon, la dignité de votre être, ſi fort relevées au deſſus de la bête, n'ont aucun droit d'y réclamer.

Paſſons à ſon ſecond extrait, donné au Journal du 1. Octobre ſuivant. Nous avons vu, que le Public eſt juge de la vertu, que l'idée en eſt arbitraire, & qu'elle ne ſauroit être toujours la même. On pourroit demander : quel eſt le principe, ſur lequel le Public doit ſe régler pour ſe former cette idée, & juger de la vertu ? Vous trouvez ici la réponſe fol. 4. &c. *Qu'elle eſt la regle de ſes jugemens ? L'intérêt... L'intérêt eſt donc le ſouverain appréciateur de toutes choſes... L'intérêt eſt le juge des actions & des penſées... C'eſt l'intérêt, qui juge du bien & du mal en fait de probité, comme en fait d'eſprit. C'eſt l'intérêt perſonnel, qui dicte le jugement des particuliers, & l'intérêt général, qui dicte celui des nations. Qu'eſt-ce donc que la probité par rapport à un particulier ? C'eſt dans autrui l'habitude des actions utiles à ce particulier... Il eſt auſſi impoſſible à l'homme d'aimer le bien pour le bien, que d'aimer le mal pour le mal.*

De tels principes ne font-ils pas frémir, & trouve-t-on des leçons pareilles dans le Paganiſme même ? *l'intérêt eſt juge de la probité, du bien & du mal !*

Voici encore une leçon qui n'eſt pas moins belle. *Qu'eſt-ce donc,* demande-t-il, *c'eſt l'habitude des actions, qui lui ſont utiles.* Et peu après on trouve ces exemples, qui révoltent la nature. *Le vol des Spartiates, le meurtre des Vieillards chez les ſauvages, l'expoſition des enfans à la Chine, l'uſage des Femmes In-*

,, ſions du cœur ſont extrêmement différentes dans les
,, divers pays, il faut auſſi que les loix, pour s'y con-
,, former, ſoient différentes, & qu'elles tendent à
,, corriger les vices du climat. Plus les cauſes phyſi-
,, ques portent les hommes au repos, plus les cauſes
,, morales les en doivent éloigner. C'eſt donc une
,, bonne loi dans un pays où la pareſſe naît du cli-
,, mat, que celle des Chinois, qui ont fait la Re-
,, ligion, leur Philoſophie & leurs loix toutes prati-
,, ques. Quoique le Monachiſme chez les Chretiens
,, ſoit reſpectable par ſon inſtitution, on doit d'autant
,, moins le favoriſer dans les pays chauds, qu'il en
,, augmente la pareſſe. Mais les Nations pareſſeuſes
,, étant ordinairement orgueilleuſes, qui empêcheroit
,, le Legiſlateur de tourner l'effet contre la cauſe, &
,, de détruire la pareſſe par l'orgueil ?

Voulez vous encore de nouvelles preuves du ſoin que nous avons d'exclure, d'après la doctrine de M. de Monteſquieu, l'influence ſuprême qu'on veut qu'il ait attachée au climat ? ,, Quoique ſoumis au climat, diſons
,, nous, l'homme l'eſt encore plus à ſa raiſon qui lui
,, parle hautement, & aux loix civiles qui le menacent.
,, S'il eſt abſurde d'attribuer tout au climat, il ne l'eſt
,, pas moins d'en nier certains effets. Qui peut mécon-
,, noitre dans les Nations les grands traits qui les diſtin-
,, guent les unes des autres, & qui ſont inaltérables.
,, Quiconque a lu Tacite & Céſar, reconoîtra encore
,, les Allemans, les François & les Anglois, à la ma-
,, niere dont ils ont été peints il y a dix huit ſiécles.
,, Cependant combien tous ces Peuples ſont ils aujour-
,, d'hui différens de ce qu'ils étoient alors ! le climat
,, ne fait donc pas tout, quoiqu'il faſſe beaucoup. Il
,, ſubſiſte parmi les changemens qu'aménent après eux
,, les arts & ſciences, le commerce, la politique, l'é-
,, ducation, la religion. Le caractère qu'il imprime à
,, chaque Nation eſt ineffaçable : certains vices domi-
,, nans & certaines vertus reſtent toujours à chaque
,, peuple. Les Souverains ont beau donner à une Na-
,, tion barbare le vernis de la politeſſe ; ils n'ajouteront
,, que quelque couleur paſſagère à la couleur dominante
,, du tableau.

Si l'Auteur de la lettre avoit jugé à propos de s'expliquer davantage, nous ſaurions alors ce qu'il condamne dans les principes de M. Monteſquieu ſur la vertu & ſur la morale. Il ne nous apprend rien ſur ces deux articles ſi ce n'eſt qu'ils ſont répréhenſibles. Il faut qu'il ait bien compté ſur la crédulité de ceux qui le liroient pour en parler d'une manière ſi myſtérieuſe. Parceque M. de Monteſquieu a dit que la Polygamie eſt conforme au phyſique du climat de l'Aſie, peutêtre ſe perſuade t-on que ce Légiſlateur des Nations n'y voit rien qui bleſſe la loi naturelle. Il ne ſeroit pas le premier qui lui auroit fait cette injuſtice, & qui déclamât contre ſa morale. Comme M. Gauchat eſt le guide de notre Cenſeur, & qu'il lui prête les traits dont il arme ſes foibles mains, nous préſumons que c'eſt d'après lui qu'il dit que M. de Monteſquieu ne penſe pas bien de la vertu. Nous appliquerons à ce Critique ſubalterne ce que nous avons répondu à M. le Docteur Gauchat dans notre analyſe de *l'Eſprit des Loix.* Voici comme nous y parlons.

,, Si les Critiques moins prévenus & plus attentifs

diennes qui se brûlent à la mort de leurs Maris, l'édit des Suisses qui non seulement permettoit, mais ordonnoit aux Prêtres d'avoir chacun une Concubine: toutes ces Loix & ces usages sont fondées sur des raisons, que les circonstances des Siécles, ou des Pays divers ont rendu légitimes. Cette idée philosophique (de la vertu) répand un jour pur & lumineux sur l'Histoire des Loix, & si elle est bien saisie, elle doit appaiser les cris, que la prévention, ou la cabale élévent contre cet Ouvrage. Nous disons, & tout le genre humain dira avec nous, nonobstant qu'on nous menace du nom de Cabale & de prévention, que des idées pareilles font la honte de la raison humaine; la honte de l'Auteur & de notre Siécle : & que la postérité sera étonnée, que l'on ait osé les débiter dans un Journal imprimé à Liége, & dédié à son Prince-Evêque.

On ajoûte ici immédiatement la distinction de la vertu, qu'on avoit déja donnée dans le premier extrait. Fol. 34. *l'Auteur d'après son principe distingue des vertus de préjugé & de vraies vertus. Celles qui contribuent au maintien, ou au progrès de la félicité publique, font les véritables vertus. Les vertus de préjugé font celles, qui n'ajoûtent rien au bonheur public : telles sont les austérités des Fakirs de l'Inde, que la superstition a consacrées; nuisibles à l'homme, qu'elles tourmentent, elles sont inutiles à la société.*

Il n'y a donc de vraie vertu, que la vertu politique, une vertu de préjugé ne mérite pas le nom de vertu. Mais une petite réflexion sur l'inconséquence de ces Messieurs. On s'étoit élevé contre le livre de M. de Montesquieu (l'Esprit des Loix) à cause des idées, qu'il y donnoit de la vertu. Le Journaliste se récrie contre l'injustice de ces critiques, que la prévention a empêché de voir, que le

,, au dessein de l'auteur, n'avoient voulu voir dans ,, *l'Esprit des Loix* que ce qu'il y a mis, ils ne se fe- ,, roient pas scandalisés mal à propos. Ils auroient sen- ,, ti que ce qu'il appelle *la vertu* dans les Republiques, ,, est l'amour de la patrie, c'est-à-dire, l'amour de l'é- ,, galité. Ce n'est point une vertu Morale, ni une ver- ,, tu Chrétienne; c'est la vertu politique, & celle-ci ,, est le ressort qui fait mouvoir le gouvernement ré- ,, publicain, comme l'honneur est le ressort qui fait ,, mouvoir la monarchie. Les nouvelles idées de l'Au- ,, teur exigent qu'on lui pardonne les nouvelles accep- ,, tions qu'il a données à des mots anciens. Faute de ,, cette attention, on lui a fait dire des choses absur- ,, des, & qui seroient révoltantes dans tous les pays ,, du monde, parce que dans tous les pays du monde ,, on veut de la morale...... Ainsi que le sentiment ,, de la gloire peut s'allier dans un cœur avec la ,, vertu, le ressort de chaque Etat ne la détruit ,, point dans ceux qu'il excite à obéir aux loix, ,, & à faire des actions difficiles. La vertu peu active ,, par elle même, a toujours besoin qu'on l'encourage.

,, C'est donc une vaine déclamation de la part des ,, Critiques, de publier que l'Auteur exclud de la mo- ,, narchie les vertus Morales & Chrétiennes. En don- ,, nant à la monarchie l'honneur pour ressort, il n'a ,, point, comme on le lui reproche, caché dans son ,, sein, des levains toûjours prêts à fermenter, & à ,, l'étouffer au premier instant de foiblesse ou de mol- ,, lesse dans l'exercice de son pouvoir, ou d'abus & ,, d'excès dans l'usage de sa force. Cet honneur y ,, donne la vie à tout le corps politique, aux loix ,, & aux vertus même. Et pourquoi, s'il est vrai ,, que l'honneur & la crainte, ces deux ressorts, l'un ,, de la Monarchie, l'autre du Despotisme, y étouffent ,, toutes les vertus, l'Auteur lie-t'il partout à la cons- ,, titution des Etats la Religion comme un ressort es- ,, sentiel? Que fait la Religion dans un Etat, si elle ,, n'y fait pas honorer la vertu?

Nous voici parvenus enfin au fameux Dictionnaire Encyclopédique. Après l'espèce de flétrissure qu'il a reçue, & du Roi qui l'a supprimé par un Edit, & du Parlement à qui il a été dénoncé par un de ses Avocats généraux, l'Auteur de la Lettre a cru qu'il ne lui en faloit pas davantage pour couvrir à son tour notre Journal d'opprobre. Mais sur quoi se fonde t-il pour lier ainsi la condamnation de notre Journal à celle du Dictionnaire? 10. Sur la ressemblance du nom; dans ce nom, si fameux aujourd'hui, il trouve mille hérésies & mille impiétés: 20. Sur les éloges dont nous avons comblé cette production littéraire : ces éloges lui paroissent contenir tout le poison dont elle est infectée.

Mais au moins est-il entré dans quelque discussion? Vous avez vû jusqu'ici, Messieurs, que c'est la chose du monde à laquelle il a le moins pensé. Il a cru sans doute que cette horreur pour notre Journal dont il se sent pénétré, l'éclairoit suffisamment ainsi que les autres, sur ce qu'il y a de répréhensible. Il cite seulement ici deux articles du Dictionnaire ; *l'Eclectisme & l'existence*, par lesquels on peut juger, selon lui, des principes monstrueux qui y sont répandus. Mais quels sont ces principes? Il ne vous le dit pas, mais il s'en repose,

Préfident ne parle pas de la vertu confi-
derée en foi, mais feulement fous le rapport, qu'elle a avec le bien de l'Etat, &
par conféquent de la feule vertu politique, qui conftitue la vraie vertu: les autres nefont que de fauffes vertus & de préjugé. N'eft-ce donc pas une vaine défaite
du Journalifte, d'excufer le Préfident fur
les idées, qu'il donne de la vertu, en
difant, qu'il ne parle pas de la vertu,
finon en tant qu'elle eft liée avec le
bien de l'Etat, puifqu'il ne reconnoit d'autre véritable vertu, que cetteVertu politique?

D'ailleurs ne conçoit-on pas, que fous
la Claffe de ces vertus de préjugé on
place toutes les mortifications & les auf-
térités Chrétiennes, qu'on feroit bien aife
de voir exterminées, & qu'on attribue
puérilement aux Fakirs des Indes, parce
qu'on n'ofe pas encore déclarer ouvertement fes fentimens en les attribuant aux
héros du Chriftianifme? felon de tels principes, les fouffrances & la conftance des
martyrs n'ont été que de fauffes vertus;
puifqu'en mourant pour l'Evangile l'homme étoit tourmenté & la fociété perdoit
fes membres.

L'idée qu'on a de la Morale, fe regle néceffairement fur celle, qu'on s'eft
formée de la vertu. Encore un mot (&
nous finiffons) pour faire voir la notion
ridicule, que ce livre nous donne de la
Morale.

On trouve dans le premier extrait fol.
35 : *Les bons Moraliftes font ceux qui fa-*
vent indiquer les défauts de la Légiflation :
Les Moraliftes hypocrites ou faux font ceux
qui n'attaquent que les vices de particu-
liers.... Il y a des moyens de perfection-
ner la Morale, c'eft de détruire infenfible-
ment les préjugés en y fubftituant les prin-
cipes fimples de l'utilité générale & de l'in-
térêt temporel. Voilà donc l'intérêt tem-

pour leur developpement, fur les grands Ecrivains qui
ont attaqué l'Encyclopédie. Au lieu de copier cinq ou
fix pages d'éloges difperfés dans nos divers Journaux,
il eût bien mieux valu qu'il les eût remplies de raifon-
nemens. Meffieurs les Curés de Liége ne l'avoient ils
donc confulté, que pour apprendre de lui que nous
avons loué les Encyclopédiftes?

Allons plus loin. Que fignifient, au refte, tous ces
éloges que nous avons prodigués au Dictionnaire ?
Peuvent-ils nous rendre plus impies que ceux qui ont
mélé leurs voix au concert de louanges qu'il a reçues
de toute l'Europe ? Jamais entreprife littéraire ne fut
peut-être annoncée avec plus d'éclat. Sa réputation déja bien établie par les premiers volumes, s'accrut encore dans les fuivans des noms illuftres qui décorè-
rent la lifte de fes Auteurs. C'étoit, en un mot, tout
ce qu'il y avoit de plus diftingué dans la littérature. Si
dans cette yvreffe où étoit toute l'Europe, nous avons
été emportés avec elle, c'eft moins notre crime que
le fien propre. Pouvions nous croire qu'il y eût du
danger à louer un ouvrage que tout le monde admi-
roit, & qui s'imprimoit fous les aufpices de Sa Ma-
jefté le Roi très Chrétien ? Ainfi fe réduifent à rien
tous ces éloges étalés avec affectation, dont l'Auteur
de la lettre a voulu groffir la tempête qui s'eft élevée
contre nous.

On peut dire la même chofe de l'autorité qu'on voudroit tourner contre nous, comme fi nous ne l'avions
pas refpectée depuis qu'elle a parlé, toutes les fois
que nous avons eu occafion de dire quelque chofe de
l'Encyclopédie. Mais cette autorité dont on prend ici
avantage contre nous, laiffe encore indécis le fort de
l'Encyclopédie. Le Parlement a nommé parmi les Théologiens, les Avocats & les Academiciens, des per-
fonnées éclairées pour la foumettre à un examen
profond & réfléchi. Comme cet Oracle n'a point encore prononcé, il nous eft au moins permis de fuf-
pendre notre jugement fur les erreurs qu'on lui attribue. La révocation du privilége qu'on a obtenue du
Roi, ne tiendroit pas vraifemblablement contre une
décifion favorable. L'utilité du livre eft trop bien conf-
tatée, pour qu'on n'en pourfuivit pas avec chaleur
l'exécution, s'il étoit une fois bien prouvé que tout
fon crime eft d'avoir eu pour ennemis des hommes
jaloux de tout le bien qui ne fe fait pas par eux. Quand
le tems aura déchiré les voiles qui cachent à nos yeux
tant de trames ourdies fecrettement pour faire tomber
un ouvrage, auquel l'Europe entière avoit applaudi,
de quel côté fera l'opprobre ? Tombera-t'il fur les Auteurs, ou fur ceux qui les auront perfécutés ? C'eft ce
que l'Hiftoire apprendra, fi ce n'eft à nous, du moins
à notre poftérité.

Sans prétendre décider ici en faveur de l'Encyclopédie, ni élever le moindre murmure contre les ordres émanés du trône, nous nous croyons en droit de
méprifer les moyens que l'Auteur des *préjugés légiti-*
mes contre l'Encyclopédie a mis ici en œuvre, pour la
repréfenter comme un livre dangereux & abominable.
Elle peut être l'un & l'autre, mais ce ne fera jamais par
les attaques de cet auteur qu'on le prouvera. Une perfonne s'eft chargée de dévoiler à travers fes fophifmes

porel, premier mobile de leur Morale, qui reprend sa place, & on sent bien quels sont ces hypocrites, à qui on en veut. Dans le second extrait, après avoir déclamé contre les Moralistes, qui élevent toujours leur voix contre les vices & les Passions, on leur préscrit fol. 14 les objets qu'un Moraliste doit traiter. *Un défaut, dit-on, dans la Jurisprudence, dans la distribution des Impôts, dans la discipline militaire, dans l'éducation publique ; voilà ce qui doit l'allarmer, & non l'orgueil des Grands, ni la sotte fierté des Riches.* Des gens, qui ont ces sentimens, peuvent-ils avoir quelque idée de l'Evangile, & est-il possible qu'ils reconnoissent Jesus-Christ comme le premier maître de la Morale ? Si ses Ministres commençoient à critiquer en chaire la Législation, à distribuer les Impôts & à donner des regles Militaires ; nos Philosophes prétendus seroient les premiers à crier à l'abus ; & la puissance séculiere leur interdiroit à bon droit des exhortations pareilles, qui n'appartiennent pas à leur Ministére Evangélique. Mais c'est précisément alors, qu'on seroit parvenu à son but, si tous les Théologiens & Moralistes Chretiens devoient se taire, & qu'il n'y auroit plus que nos Philosophes, qui porteroient la parole.

Il y a encore bien d'autres absurdités en cet Ouvrage, mais en voilà assez pour faire connoître la trempe de l'Esprit & les sentimens de l'Auteur, & de ceux qui osent préconiser des livres pareils. Le Journaliste à son ordinaire a la prudence d'y reconnoitre de tems en tems quelque peu d'ivraie, mais qui n'empêche pas, selon lui, qu'on n'y trouve une moisson fort riche. Enfin en prodiguant toujours son encens à son livre chéri, il en fait la récapitulation en son Journal du 1. Novembre 1757, & la finit en s'écriant :

les petites raisons qu'il employe pour renverser ce qu'il ne comprend pas, & d'exposer l'injustice de son procédé dans l'altération réfléchie des opinions qu'il combat. En attendant, nous allons venger ici contre lui l'Article *Eclectiques*, non par aucun sentiment de haine contre sa sa personne qui nous est inconnue, mais par le motif d'une défense légitime à laquelle nous provoque l'Auteur de la lettre.

Quand on écrit dans l'intention de trouver des erreurs dans un ouvrage, il seroit bien difficile que les expressions les plus orthodoxes, en passant par l'imagination d'un homme passionné, ne prissent pas une teinte de l'erreur qu'il voudroit y attacher. C'est ce qui se voit clairement dans la tournure, que l'Antagoniste de l'Encyclopédie donne à l'article que nous examinons. Présentez le à lire à quelqu'un qui n'aura pas des engagemens pris pour s'illustrer par une haine éclatante contre des Auteurs célebres ; il n'y verra rien de ce que M. Chaumeix a voulu y appercevoir. *L'Eclectique, selon M. Diderot, est un Philosophe qui, foulant aux piès le préjugé, la tradition, l'ancienneté, le consentement universel, l'autorité, en un mot tout ce qui subjugue la foule des Esprits, ose penser de lui même, remonter aux principes généraux les plus clairs, les examiner, les discuter, n'admettre rien que sur le témoignage de son experience & de sa raison ; & de toutes les Philosophies, qu'il a analysées sans égard & sans partialité, s'en faire une particuliere & domestique qui lui appartienne.* S'il s'est trouvé autrefois des Philosophes de cette trempe, a t-on pu leur refuser la qualité de bons Esprits ? Y a t il même une autre maniere de devenir Philosophe que de secouer au loin les préjugés, & de ramasser les vérités éparses sur la surface de la terre ? Croire sur la foi d'autrui ce qui est uniquement du ressort de la raison ; mettre des entraves à cette raison, quand il s'agit de lui donner l'essor ; traiter l'homme d'égal avec Dieu même en lui soumettant ses lumieres, c'est avilir la dignité de son être. Il est si vrai que notre raison est un oracle respectable pour nous, que c'est uniquement sur sa réponse que nous nous remettons entre les mains de la foi, pour croire des mystéres inaccessibles à nos foibles lumieres. Il faut que nous nous convainquions nous mêmes que Dieu a parlé, pour que l'hommage que nous rendons aux vérités révélées, soit digne de lui. Ainsi un vrai Eclectique, un Eclectique qui feroit un usage légitime de sa raison, deviendroit bientôt un parfait Chrétien. Une des premieres vérités sans doute, c'est de voiler sa raison quand Dieu parle. Pourquoi l'Antagoniste de l'Encyclopédie ne veut-il pas que l'Eclectisme ait été la Philosophie des bons esprits ? Est-ce qu'une croyance machinale est préférable à une croyance raisonnée ? D'ailleurs que nous parle t'il ici de ceux, qui depuis la naissance du monde jusqu'à J. C. ont conservé le dépôt sacré des vérités révélées, tandis que le parallele roule ici entre les Eclectiques & les Philosophes des autres sectes ? Quand on n'a qu'une idée dans la tête, on est sujet à ne pas raisonner exactement. L'Encyclopédiste doit être bien surpris qu'on lui fasse parler Théologie où il ne vouloit être que Philosophe.

Nous passons ici plusieurs petits détails où M. Chau-

Encore vingt ans , & il fera juftement ap-précié. Mais malheureufement pour lui, il fe trouve dès-à-préfent trompé dans fes efpérances. Tout homme , qui a quelque teinture de la Religion & de raifon, en connoit le prix : & les flétriffures qu'il a reçues, de la part des deux Puiffances , & qui n'ont fait que foutenir l'indignation générale de l'humanité ; ont établi fuffifamment qu'elle eft la valeur de cette fauffe monnoie. Si après cela quelques Philofophes, qu'on appelleroit plus juftement raifonneurs, font encore affez hardis de prôner des livres pareils, c'eft aux Supérieurs à ôter ce fcandale , & à juger quelle peine méritent ces hommes téméraires & dangereux. En France on n'a pas feulement puni l'Auteur du Livre *de l'Efprit*, mais même fon Cenfeur, qui certainement ne l'avoit pas tant loué, que ne l'a fait le Journalifte de Liége. L'Auteur de la Religion vengée lui reproche avec beaucoup de juftice, que s'il pourfuit de la forte, fon Journal fera bientôt la fauvegarde de l'Irréligion.

Après ces réflexions, Meffieurs, il nous paroit clair, que le Journal eft un livre très dangereux, qu'il adopte les principes les plus abfurdes tendants à renverfer l'Eglife & l'Etat, & à porter la corruption la plus infame dans les mœurs. Nous avons vu, que fes héros, que fes écrits ne font qu'un tiffu de leurs fentimens, & que les Auteurs, qui les combattent, ne font auprès de lui que des imbécilles & des ignorans.

Encore fi un tel Journal fortoit des preffes de l'Angleterre, le fcandale, qu'il donne, feroit bien moindre. Mais comment pourroit-on ne pas être étonné, quand on voit, que ce livre eft débité impunément dans la Ville de Liége, Ville, où la Foi Catholique eft fi fort enracinée & de fi vieille date ; que fe fait gloire

meix mêle quelques vérités étrangéres au fujét dont il eft traité dans l'article *Ecleĉtifme*, avec les injures pieufes dont il charge tout ce qu'il écrit. Mais ce qui deshonore la Religion, dont on paroit ici prendre la défenfe, c'eft qu'on ofe introduire l'Encyclopedifte appliquant au Chriftianifme ces mots *le fyftême d'extravagances le plus monftrueux qu'on puiffe imaginer*, qui frappent uniquement fur *l'Ecleĉtifme*. Ecoutons-le parler. ,, Par ,, quel travers inconcevable arriva-t'il , qu'en parlant ,, d'un principe auffi fage que celui de recueillir de tous ,, les Philofophes, *Tros Rutulus-ve fuat*, ce qu'on y ,, trouveroit de plus conforme à la raifon , on négligea ,, tout ce qu'il falloit choifir , on choifit tout ce qu'il ,, falloit négliger , & l'on forma le fyftême d'extra- ,, gances le plus monftrueux qu'on puiffe imaginer ; ,, fyftême qui dura plus de 400 ans, qui acheva ,, d'inonder la furface de la terre de pratiques fuperf- ,, titieufes , & dont il eft refté des traces qu'on re- ,, marquera peut-être éternellement dans les préjugés ,, populaires de prefque toutes les Nations.

Ce Phénomene fi fingulier, l'Encyclopédifte le développe en décrivant l'hiftoire des pratiques fantafques, extravagantes & criminelles, dans lefquelles les Eclectiques fe plongérent par haine pour le Chriftianifme, qu'ils contrefirent , à peu près comme le Diable, ce finge de la Divinité, qui felon Tertullien, a contrefait dans tous les tems ce qu'il y a de plus facré & de plus augufte dans la véritable Religion.

,, Quand la fuperftition, dit M. Diderot, cherche ,, les ténébres, & fe retire dans les lieux fouterreins ,, pour y verfer le fang des animaux, elle n'eft pas ,, éloignée d'en répandre de plus précieux; quand on ,, a cru lire l'avenir dans les entrailles d'une brebis, ,, on fe perfuade bientôt qu'il eft gravé en caraĉtè- ,, res beaucoup plus clairs, dans le cœur d'un hom- ,, me. C'eft ce qui arriva aux Théurgiftes prati- ,, ques ; leur efprit s'égara , leur ame devint fé- ,, roce , & leurs mains fanguinaires. Ces excès pro- ,, duifirent deux effets oppofés. Quelques Chrétiens fé- ,, duits par la reffemblance qu'il y avoit entre leur re- ,, ligion & la Philofophie moderne , trompés par les ,, menfonges que les Ecleĉtiques débitoient fur l'effi- ,, cacité & les prodiges de leurs rits, mais entraînés fur ,, tout à ce genre de fuperftition par un tempérament ,, pufillanime, curieux, inquiet, ardent, trifte, & mé- ,, lancholique, regardèrent les Doĉteurs de l'Eglife com- ,, me des ignorans en comparaifon de ceux-ci, & fe ,, précipitèrent dans leurs Ecoles. Quelques Ecleĉtiques, ,, au contraire , qui avoient le jugement fain , à qui ,, toute la Théurgie pratique ne parut qu'un mélange ,, d'abfurdités & de crimes, qui ne virent rien dans la ,, Théurgie rationnelle qui ne fût prefcrit d'une maniere ,, beaucoup plus claire, plus raifonnable, & plus précife ,, dans la Morale Chrétienne, & qui venant à compa' ,, rer le refte de *l'Ecleĉtifme* fpéculatif avec les dog- ,, mes de notre Religion, ne penférent pas plus favo- ,, rablement des émanations que des Théurgies, renon- ,, cèrent à cette Philofophie & fe firent baptifer.

Voilà ce que l'Encyclopédifte nomme *le fyftême d'extravagances le plus monftrueux qu'on puiffe imaginer.* Mais admirez fon Antagonifte qui , par une logique que

d'être particuliérement attachée à l'Eglise Romaine, & où un Clergé si respectable veille également à la conservation de la Religion & à celle de l'Etat : & ce scandale n'augmente-t-il pas encore, quand on apperçoit à la tête du livre le nom de son Prince & de son Evêque, auquel on fait certainement l'injure la plus atroce, en débitant un Ouvrage de cette trempe sous une protection aussi illustre. Nous ne saurions jamais croire que l'Auteur fait parvenir ses feuilles périodiques jusqu'à lui, & nous pensons, que l'absence de S. A. S. & E. lui fournit l'occasion de les débiter, sans qu'elle en ait la moindre connoissance. Car sans parler ici du premier rang, qu'elle occupe dans l'Eglise ; l'attachement particulier de la maison de Baviere à la Foi Catholique est connu de tout le monde. Et quand notre Université eut l'honneur de complimenter ce Prince à son passage en l'an 1754, les premiers soins de S. A. ont été, de lui recommander bien expressément, de soutenir toujours les intérêts de la Religion.

C'est à vos Supérieurs, Messieurs, de concerter les moyens propres à faire cesser le scandale. S'ils suivent l'exemple de la France dans la suppression du Dictionnaire & du livre *de l'Esprit*, dont celui-ci débite en détail les sentimens & les maximes, l'Auteur a tout à craindre. Et vraiment, comment peut-on se fier à un homme, qui ose ouvertement soutenir ces principes, & qui déclare publiquement, comme nous avons vu, qu'il fait plus de cas de l'approbation de quelques Philosophes, qui pensent comme lui, que des Censures des Magistrats les plus authentiques ?

Nous avons l'honneur d'être avec beaucoup de considération & d'estime,

MESSIEURS, &c.

la bonne foi n'avone point, transporte au Christianisme même ces expressions qui sont évidemment relatives aux Théurgies infames & criminelles, par lesquelles les Eclectiques entreprirent de parodier une Religion qu'ils ne pouvoient étouffer. Or pour la parodier, & en imposer à ceux qu'ils vouloient initier à tous les mystéres de la Théurgie, ils conservérent quelques ombres du Christianisme. „ Les Chrétiens, dit l'Encyclopé„ diste, ne reconnoissoient qu'un Dieu ; les Sincrétistes, „ qui s'appellèrent alors Eclectiques, n'admirent qu'un „ premier principe. Le Dieu des Chrétiens étoit en trois „ personnes : le Pere, le Fils, & le St. Esprit. Les Eclec„ tiques eurent aussi leur Trinité : le premier prin„ cipe, l'entendement divin, & l'ame du monde in„ telligible. Le monde étoit éternel, si l'on en croyoit „ Aristote ; Platon le disoit engendré ; Dieu l'avoit „ créé, selon les Chrétiens. Les Eclectiques en firent „ une émanation du premier principe ; idée qui conci„ lioit les trois systêmes, & qui ne les empêchoit pas „ de prétendre comme auparavant, que rien ne se fait „ de rien. Le Christianisme avoit des Anges, des Ar„ changes, des Démons, des Saints, des ames, des „ corps, &c. les Eclectiques d'émanations en émana„ tions, tirèrent du premier principe autant d'Etres cor„ respondans à ceux là : des Dieux, des Demons, „ des Héros, des ames & des corps. * .... Les Chrétiens „ admettoient la distinction du bien & du mal moral, „ l'immortalité de l'ame, un autre monde, des peines & „ des récompenses à venir. Les Eclectiques se conformè„ rent à leur doctrine dans tous ces points.... Les Chré„ tiens avoient différens cultes. Les Eclectiques ima„ ginèrent deux Théurgies ; ils supposèrent des mira„ cles ils eurent des extases ; ils conférèrent l'enthousias„ me, comme les Chrétiens conféroient le *St. Esprit* ; „ ils crurent aux visions, aux apparitions aux exorcis„ mes aux révélations, comme les Chrétiens y croy„ oient ; ils pratiquèrent des cérémonies extérieures, „ comme il y en avoit dans l'Eglise ; ils allièrent la prê„ trise avec la Philosophie ; ils adressèrent des prières aux „ Dieux ; ils les invoquèrent ; ils leur offrirent des sacrifices ; „ ils s'abandonnèrent à toutes sortes de pratiques, qui „ ne furent d'abord que fantasques & extravagantes, „ mais qui ne tardèrent pas à devenir criminelles.

De tous les traits du parallele qui peignent l'Eclectisme, M. Chaumeix s'attache uniquement à celui qui concerne la distinction du bien & du mal moral, l'immortalité de l'ame, un autre monde, des peines & des récompenses à venir : & comme s'il avoit pris le vrai sens de l'auteur, il s'écrie d'un ton triomphant, en apostrophant ainsi les Encyclopédistes : „ c'est à dire „ que pour être sages, & ne pas donner dans le tra„ vers inconcevable que vous leur reprochez, il faloit „ que les Eclectiques n'admissent, ni la distinction du „ bien & du mal moral, ni l'immortalité de l'ame, ni

___

* Notez que l'antagoniste de l'Encyclopédie, altèrant ce passage, le rend ainsi : „ Le Christianisme avoit des Anges, des „ Archanges, des Démons, des Saints, des Ames, des Corps ; „ les Eclectiques en admirent aussi.

par conséquent une autre vie, ni des peines & des récompenses à venir : en un mot, il faloit qu'ils fussent Encyclopédistes ; parce qu'en admettant les dogmes des Chrétiens ; ils ne faisoient que former un système d'extravagances le plus monstrueux qu'on puisse imaginer. Voilà ce que vous dites ; & nous ne sçavons que trop que vous avez le malheur de le croire.

En lisant de pareilles imputations, la raison cede à l'horreur qu'elles inspirent. Car enfin peut-on concevoir un plus grand crime que celui que commet un Théologien, qui s'armant d'un fer sacré, ose en percer des hommes plus religieux que lui dans leurs écrits *crimine ab uno disce virum.* Nous avons parcouru tous les articles de l'Encyclopédie qui sont attaqués dans les prétendus *préjugés légitimes,* & nous protestons devant Dieu que l'Auteur les a tous à peu près ainsi défigurés, pour jetter sur les Encyclopédistes l'odieux soupçon d'incrédulité & de matérialisme. Nous repétons encore ici que nous ne les justifions point ; mais nous prétendons qu'il leur manque encore un accusateur qui les en ait convaincus.

Cependant, Messieurs, c'est sur ce livre où la bonne foi est compromise d'une maniere si indigne, que l'Auteur de la lettre accuse les Encyclopédistes pour avoir droit de nous accuser nous mêmes, parce que nous les avons loués, & que nous avons enrichi notre Journal de quelques uns de leurs articles.

Nous n'essayerons point de justifier ici notre analyse de *l'Esprit,* qui est comprise dans quatre Extraits. Avec la même bonne foi que nous nous sommes justifiés sur les articles où nous avons cru l'attaque injuste, nous confessons ici que dans le second extrait sur tout, il ne seroit pas difficile de trouver quelques expressions peu Orthodoxes. Quoique l'aveu nous coûte, nous croyons devoir, à la Vérité, qui nous est plus chere que notre associé, de convenir, qu'il paroît avoir insinué que la vertu n'est pas immuable ainsi que la nature même de l'homme, avec qui elle a des rapports éternels & nécessaires. Nous avions compté sur plus d'exactitude de sa part ; & l'erreur s'étoit déja glissée dans notre Journal que nous ne l'y soupçonnions pas encore. Nous en fumes avertis par quelques rumeurs sourdes. La crainte d'un scandale présent nous empêcha de réparer le scandale passé. Mais aujourd'hui que le cri de la vérité s'est fait entendre, nous armerons notre critique contre *l'Esprit* de toute la force qui ne se trouve point dans les expressions ménagées que l'amitié a dictées à notre Associé. Nous renvoyons à nos premiers Journaux ce que nous avons à dire sur cette importante matiére.

Loin d'être les Apôtres de la doctrine contenue dans le livre de *l'Esprit,* nous l'avons réfutée en mille manieres dans nos Journaux, Le ton soutenu avec lequel nous avons vengé, lorsque l'occasion s'en est présentée, les vérités révélées, auroit dû persu der à nos ennemis qu'elle nous étoit absolument étrangere. C'est une

faute, si vous le voulez, comme celles de Libere, d'Honorius & de Jean VIII. Mais de combien d'actes d'Orthodoxie l'avons nous couverte ! Si nos Ennemis n'eussent eû que le zèle qu'inspire l'amour de la Religion, auroient-ils attendu si longtems à s'élever contre nos Extraits de *l'Esprit ?* Que ne prenoient-ils la plume contre nous, en attendant que l'autorité se déclarât pour eux ? Quoiqu'ils en disent, on trouvera toujours mauvais que leur zèle ait éclaté dans un tems où nous le secondions par nos efforts contre l'incrédulité. Le Prince lui même, depuis la foudre qu'il a lancée contre nous, a dit que la lecture de notre Journal lui avoit paru agréable, instructive & intéressante. Si enfin elle lui a échappé des mains, c'est qu'il n'a pu la refuser aux cris importuns d'un certain nombre, dirons nous, de zélés ou d'Enthousiastes.

Leurs raisons, Messieurs, auroient fait peu d'impression sur l'esprit de Son ALTESSE EMINENTISSIME, si vos noms ne leur avoient donné du poids. Il est bien triste pour nous qu'on ait surpris votre signature. Sans vous, ce monument de la foiblesse de leur esprit eût tourné plus à leur desavantage qu'au notre. Si nous avons fait imprimer la lettre à côté de nos raisons, c'est parce qu'il nous importe qu'on sçache dans le monde que vous n'en êtes point les auteurs ? Or il ne faut que la lire pour voir qu'elle ne peut revendiquer le sceau d'une Université aussi célebre que la votre. Nous sçavons de bonne part qu'elle est l'ouvrage d'un Théologien Liégeois, qui a mis en jeu le grand ressort de la Religion. C'étoit l'unique moyen d'en imposer pour un moment à la votre.

Qu'il nous soit du moins permis en finissant, d'adresser aux Liégeois comme à nos Concitoyens (car nous regardions leur ville comme une seconde Patrie pour nous) ces paroles que Ciceron fait dire à Milon. *Valeant cives nostri, valeant, sint incolumes, sint florentes, sint beati : Stet urbs hæc præclara, nobisque patria carissima quoquo modo de nobis merita erit. Tranquillá Republicá cives nostri, quoniam nobis cum his non licet, sine nobis perfruantur. Nos cedemus atque abibimus : si nobis Republicá boná frui non licuerit, at carebimus malá ; & quamprimum tetigerimus bene moratam ac liberam Civitatem, conquiescemus : ô frustra suscepti nostri labores ! ô spes fallaces ! ô cogitationes inanes nostræ !* *

A Liége ce 4me. 7bre. 1759.

---

* Nous finissions cette apologie, lorsque nous avons appris qu'on abusoit de l'autorité du Prince, pour exercer contre nous les véxations les plus iniques. Nous avons pris alors le parti de donner en forme de préface, l'Histoire des persécutions que nous venons d'essuyer.

Un homme de beaucoup d'esprit nous a fait remarquer quelque inexactitude dans ce que nous avons dit de la fortification. Nous reviendrons ailleurs sur cette matiere.

www.ingramcontent.com/pod-product-compliance
Lightning Source LLC
LaVergne TN
LVHW012311050726
842524LV00004B/1334